ベリーズ文庫

悪役令嬢ですが、チートが目覚めて溺愛されています

真彩 -mahya-

STARTS
スターツ出版株式会社

目次

悪役令嬢ですが、チートが目覚めて溺愛されています

独占欲強めなイケメン王子
ルーク
アリスが転生した異世界の王子。
得意魔法は光。周囲を明るく
照らしたり、医療器具の滅菌ができる。
国境警備隊隊長。武術もできて
優しいが、第六王子なので
王位を狙うなどの野心はない。
前世でプレイしたゲーム内では
攻略キャラでもないモブ。
アリスは気にも留めていなかったが、
チートで命を救ったところ、
いきなり求婚してきて…!?
元・アラサー看護師の悪役令嬢
アリス
享年25歳の元看護師。
職場は過酷で、乙女ゲームに
熱中している時間だけが唯一の救い。
過労MAXな帰り道、ふらふらと
歩いていると車にひかれプレイ中の
乙女ゲームの悪役令嬢に転生。
断罪寸前だったが、医療道具を
召喚できるチートを
授かっていることが判明し…!?

悪役令嬢ですが、チートが目覚めて溺愛されています

Akuyaku reijo desuga, cheat ga mezamete dekiai sarete imasu

Character Introduction

性悪ヒロイン
ソフィア
ぶりっこで、攻略キャラで王位継承権第一位である第一王子と結婚。アリスに恨みがあり、いちいち意地悪をしようとする。

無能な第一王子
アーロン
メインのキャラクターで、主役らしいえんじ色の髪をした第一王子。自分に媚びるソフィアにまんまと騙され婚約を発表する。

健康意識0の暴れん坊
ジョシュア
辺境の地の警備隊副長。ルークの叔父で国王の弟。四十代後半。大酒飲みで怠け者のためカエルのように大きなお腹をしている。

ゴロツキだらけの警備隊員
カール
国境警備隊の一員、ルークの部下。初対面のアリスを急に抱きかかえるほど無骨な大男。言葉や態度が雑だが、根は優しい。

運命を握る絶対君主
国王陛下
まだ王太子を任命しておらず、王子たちは次期国王の座を狙い争っている。医療機器を召喚し、命を救ったアリスに興味を持つ。

不幸体質なアリスが授かったチートとは!?

アリスの目の前で令嬢が過呼吸で昏倒した際「紙袋があれば…」と願うと召喚に成功。
血圧計や除菌グッズなど医療機関のみを召喚することができる
（同人誌やゲーム機を召喚しようと試みるも失敗）。
召喚にはある程度体力を使うため、乱用はできない。

悪役令嬢ですが、チートが目覚めて
溺愛されています

8

私だって幸せになりたい

病棟は戦場だ。

亜里《あり》は今日受け持つ患者の情報収集をし、朝礼が済んでから点滴の用意に取りかかる。

大きな点滴バッグに瓶から注射器で取り出した薬剤を注入していると、ピンコンピンコンと心電図モニターが不吉な音を鳴らした。

すぐに亜里のペアの新人看護師が患者のもとへ走っていく。

ミキシング台で点滴用の薬剤を混合していた亜里は、目をこらしてモニターを見た。

(あの癌《がん》患者さんか。昨日オムツ替えをしたとき、だいぶ苦しそうに息をしていたな)

「亜里先輩、平松《ひらまつ》さんが眼球上転して……!」

戻ってきた新人は、青ざめた顔で報告した。モニターに表示された血圧が、急激に下がっていく。さっきまで安定していた患者が、急に血圧低下してあっさり亡くなってしまうのは、よくある話だ。

「慌てない。リーダーに報告して、個室に部屋移動。先生を呼んで」

亜里は後輩に指示を出し、点滴をいったん置いた。

(仕方ない。自分の仕事は後回しにしよう)

この病棟は、あらかじめリーダー看護師が決めた二、三人のチームで協力して動くことが決まっている。

先輩は後輩の指導とフォローをする。後輩も先輩が休憩中のときはふたり分の患者を受け持つことになる。

病棟全体で四十五床のベッドがあり、いつもほぼ満床。看護師不足のため、ひとりで五人以上の患者を受け持つのがあたり前となっている。

しかも消化器内科の病棟なので、内視鏡検査も多い。検査のときは、看護師が検査室まで患者を搬送しなくてはならない。

「亜里先輩、内視鏡センターから連絡です。中村《なかむら》さんの胃カメラをやるので連れてきてくださいだそうですっ」

廊下を走っているとうしろから声をかけられたので、亜里は振り向いて怒鳴る。

「急変があって無理！　誰か代わりに中村さんを内視鏡に連れていって！」

「はい！　じゃあ私が行ってきます！」

「ありがとう！」

ハキハキと返事をしたのは、亜里のひとつ下の看護師だ。新人よりも経験値が高いぶん察しがよく話が早い。

そういう亜里はもう五年目。看護学科がある高校と短大で学び、卒業後今の総合病院に就職。何度か病棟異動を経験し、仕事の厳しさと忙しさにくじけそうになりながら、なんとか続けている。

「平松さーん」

「血圧測定できません」

「そう。平松さん、がんばって」

看護師たちは患者がもう返事はしないであろうと予感しながら、ベッドごと個室に移動する。その後から看護助手がテーブルやテレビ台を交換した。

「この人ってDNAR?」

「いいえ、フルコースです」

「そっか」

患者が心停止した際、家族と本人の意向によって、心肺蘇生をしないで天に召されるのを待つのがDNAR。この場合、家族は本人の苦痛になることはしないように望むことが多いので、人工呼吸器なども使わないケースが多い。

逆に心臓マッサージから昇圧剤から人工呼吸器から、なにからなにまで可能な限り処置を施すことをフルコースと呼ぶ。

どちらにするかは、入院時に患者本人や家族と話し合い、あらかじめ決まっている。到着した主治医に指示を仰ぎ、新人が家族に連絡をした。亜里は心臓マッサージと輸液の準備をする。

再度見た患者の顔は土気色で、肌は冷たく湿っていた。

ぽかんと開いた口の中は、ブラックホールみたいな深淵。

亜里たちの努力で患者はなんとか心拍再開し、家族が着くまで持たせることができた。突然のことに、到着した家族は動揺していた。

「おじいちゃん、おじいちゃん」

「なにかもっと、ほかにできることはないんですか?」

家族は涙目で訴えてくる。できることをしてきた結果がこれなので、残念ながらどうすることもできない。

亜里はただ静かに首を横に振る。

「オムツ交換だけは時間通りに回ってくるけど、ほかになにかやってくれたっけ」

「先生も適当にやってたんじゃないかい。うちが金持ちじゃないからって」

代わる代わる責められて、後輩が泣きそうになっていた。

体拭き、点滴、シーツ交換、おむつ替え、バイタル測定、薬を飲ませ、食事の介助。検査やリハビリがあれば送迎し、カルテに記録を残す。

それを何人分もやるのだから、ひとりの患者にかかりっきりにはなれない。

しかし亜里たちは、この患者の家族に看護師の膨大な業務をわかってくれとは言わない。それに、症状によっては治療のしようがなく、点滴以外やることがない場合もある。

医師の指示がなくては、看護師は清潔ケアと点滴交換くらいしかできない。それを家族が「なにもしてくれない」と感じても仕方ないと思っている。

家族は行き場のない悲しみを看護師にぶつけているだけなのだ。彼女たちはそれをわかっているから黙って受け止めるのみ。

努力の甲斐もなく、患者は一時間足らずで完全に心停止した。主治医は死亡確認したら、さっさと病室から出ていく。

死後の処置をするのは看護師の役目だ。家族を待合室で待たせ、遺体の体拭きと着替えをする。

「もう少し早く、異変に気づいてあげられていたら……」

涙をいっぱいためて、後輩がつぶやく。

「あなたのせいじゃないよ。急にこういうことになるの、珍しくないから」

亜里が慰めると、後輩はつらそうに顔をゆがめた。

「うっ……ううっ……さっき先生に報告が遅いって責められて……」

「担当患者さんの急変を誰かのせいにしたかっただけだよ。プライドだけは高いから。ひどいね」

医師たちは病棟の仕事だけでなく、外来患者の診察もあるので、とにかく忙しい。そのため、緊急の内視鏡検査や血液検査が、日勤看護師の定時ギリギリにねじ込まれることが多々ある。

看護師がそれらを処理し「よし帰れる」と思っても、今度は救急外来の医師が病棟の状況など関係なく、入院が決定した患者を送ってくる。看護師は入院してきた患者に今までの病歴や生活環境の聞き取りから始め、病棟医の指示を確認し、入院中どのような治療をするか計画を立て、記録する。そこまでやらないと帰れない。これも珍しいことではない。

このように業務が厳しいため、亜里の病院の看護師は離職率も高く、慢性的な人手不足。残業があたり前になっているこの状況で責められたら、泣きたくなっても無理はない。

「ほら、患者さんにとっては最後の体拭きだよ。平松さん、よくがんばったね。気持ちいい？」

「平松さん……そうですね、最後ですもんね。ごめんなさい、もう泣きません」

気を取り直した亜里たちは心を込めて遺体の体拭きを済ませた。

遺体を家族と共に霊安室に送ってから、亜里はやっとほかの受け持ち患者の血圧・体温測定や採血に回った。するとあちこちで「遅い」と文句を言われた。

ほかにも今日退院する患者に会計書の到着が遅いと言われたり、隣のベッドの患者のいびきがうるさいから個室に変えてほしいと言われたり、病室に置いてある除菌ジェルを自分のバッグに入れようとしていた患者に「備品なので持ち帰らないでください」と注意したら逆切れされたり。

なかなか休憩にも入れず、入ったら入ったで高速で弁当を食べてすぐに仕事に戻る。

看護師長は「一時間きちんと休憩を取って、定時に帰りなさい」と言うが、現実的にそれは無理だ。

午後は午後で、患者家族のとんちんかんな質問責めに遭ったり、叫んで暴れる認知症患者の対応で、まったく仕事が回らなかった。

看護記録を書き終えた亜里が家に帰って時計を見たら、夜十時になっていた。

（おいおい、定時は五時半のはずだけど？）

ひとり暮らしの小さなアパートで倒れ込むようにベッド脇に座った亜里は、コンビニで買ってきた菓子パンをかじる。自炊する余力はない。

（寂しすぎる……）

疲れ果てた亜里は、這うように動いてなんとかシャワーを浴び、ベッドの上にある携帯ゲーム機を起動した。

「お願い、私を癒やして……」

寝る前にベッドに潜り、ゲームをするのが亜里の日課だ。画面に2Dイケメンの画像が現れ、イケボで語りかけてくる。

『どうした？　疲れた顔をしている。がんばりすぎたのか？』

「そうなの。超疲れてるの私」

今亜里がはまっているのは、いわゆる乙女ゲームというもの。

魔法学校で魔法と特殊スキルを磨き、五人いる王子の誰かと仲良くなり、最後は婚約するハッピーエンドストーリー。

どの魔法とスキルを磨くかで、それぞれの王子との親密度が変わってくる。

ゲームを進めると、冷たい表情をした銀髪の女性に、画像が切り替わった。

『あなたなんて私の敵ではありませんわ』

「くっそー、意地悪いなこいつっ！」

ゲームの中には、悪役もいる。主人公がスキルを高める邪魔をしてくる悪役令嬢だ。魔法学校のテストの点数で主人公が負けると楽しげに嫌みを言ってくる。

悪役令嬢はストーリーを盛り上げるためか、ちょくちょく主人公を嫌な気持ちにさせるような言葉を残していく。しかし王子の前ではいい子ぶり、あからさまないじめはしてこない。

悪役令嬢との会話が終わると、また推しのイケメン王子との会話に戻った。その途端に亜里の頬が緩む。

（リアルで恋愛したら、どんな感じなんだろう）

亜里は妄想すらできないくらい疲れきっていた。患者はほとんどお年寄り。出会いなどあろうはずもない。

部屋には乙女ゲームとキャラクターグッズがたまっていく。外に出る用事といえばゲームや声優のイベント、同人誌即売会、二・五次元の舞台やミュージカルなど。

（いいのよ。オタ活が楽しいんだもん。癒やされるんだもん。そのために働いてるんだもん！）

亜里は思う存分ゲームに没頭し、しっかり記録をしてから、ようやく眠りについた。

翌日も亜里は日勤だった。病棟は昨日よりもだいぶ落ち着いていた。

ナースステーションに連れてきた認知症患者のテーブルに昼食を置き、亜里が介助の用意をしていると、病棟担当の栄養士が分厚いファイル片手にやって来た。

彼女は亜里の同期の皐月《さつき》。四大を出ているので亜里より二歳年上。

栄養士は看護師よりも身だしなみ規定が緩いので、ゆるふわな髪をまとめ、化粧をばっちりしている。

「こんにちは。今日も忙しい？」

「聞くまでもないよー」

師長の視線を感じたので、亜里は雑談のボリュームを下げた。皐月は登場した途端、数人の看護師に囲まれ、栄養の相談を受けていた。

アレルギーがある人、糖尿病の人、嚥下力《えんげりょく》に問題のある人、胃瘻《いろう》の人など、多種多様な患者さんの栄養の相談に乗っている彼女を見て、亜里はいつも感心する。

「はい、どうぞ。おいしいおかゆさんですよ」

亜里は患者の横に座り、おかゆをスプーンですくって口に近づける。

「いやーだー！」

突然大声で叫びだす男性患者。強度の認知症だ。彼の声は隣の病棟まで届き、たびたびクレームがくるほど大きい。

「そんなこと言わずに。あ、今日はプリンがついてる。プリンだけでも食べてみましょうか」

おかゆをいったん戻し、プリンをスプーンですくい、口もとに近づけてみる。

「わあああー、いやあーー！」

絶対拒否。

（ここまで拒否されると、自信なくすなあ……）

亜里は漏れ出そうなため息をぐっと抑える。

食事をとれないと、もといた施設に帰れないと言われているので、なんとか食べてもらいたい。早くもとの生活に戻してあげたいというのが看護師たちの本音。

彼がいた施設では、点滴ができない。病院のように栄養剤の点滴で持たせるわけにはいかないのだ。

ちなみにこの患者さんは、施設ではきちんと食事がとれていたという。今の状態からはとても想像できない。

「病院食がそんなにまずいのかな。せめて薬だけでも」

プリンに薬を埋め込んで、なんとか食べてもらおうと、再び口もとに持っていく。

しかし彼は入れ歯で食い縛り、拒否。

病棟の看護師の誰がやっても、彼はいっさいを拒否する。薬だけは飲んでもらわないといけないのでしつこくすると叫びだす。全員が手に負えず、お手上げの状態だ。

血管が浮かび上がりそうな亜里の手に、誰かの手が添えられた。白く細い手は、皐月のものだった。

皐月は微笑みを浮かべ、亜里に目配せをしてからスプーンを取り、患者と向き合う。

「佐藤《さとう》さん、しっかり食べないと帰れないからがんばってね」

叫んでいた佐藤さんが黙った。じっと皐月を見ている。

「ねえ、私とお食事しない？　これ、私が作ったの」

亜里は心の中で指摘する。

（いや、栄養士は栄養計算するだけじゃん。作ったのは調理員じゃん）

妖艶な視線で誘われた佐藤さんは、皐月が向けたスプーンを口に入れた。

「わあ、とっても上手！」

大げさにおだてられた佐藤さんは、ごくりと薬入りプリンを飲み込んだ。その後は口を開こうとしなかった。が。

「ええ、もう終わり？　もう少し私とお食事しましょうよ」

隣に座った皐月に肩をなでられると、佐藤さんはぱっかーんと大きく口を開いた。なんと皐月は次々に食事を彼の口に入れ、完食させてしまった。

「すごっ。この人マジで手が焼けるんですよ。皐月さん毎日来てくださいよ」

通りすがった後輩看護師が空になった食器を見て驚く。

「毎日はちょっとね～。亜里、あとマウスケアよろしくね」

「え、ああ……佐藤さん、私とぶくぶくぺっしない？」

うがいを促すけれど、亜里の誘いは断固拒否の佐藤さん。

「なによー。皐月が綺麗だからって。私だって佐藤さんの看護一生懸命やってるのにひどくない？」

亜里は嫌がる佐藤さんの口をこじ開け、入れ歯をはずした。再び叫びだした彼は、後輩によって個室に戻された。

「亜里は男の扱いがわかってないね」

クスクスと笑う皐月。

「男って。患者さんはそういう対象じゃありませーん」

悔し紛れに言い、残った亜里は入れ歯を洗う。

（私だってね、リアルでは全然だけど、ゲームの中ではすごいんだから。どれだけの男が私に夢中だと……）

心の中で言っているだけでも悲しくなったからやめた。

「ねえ、亜里。今日は定時に上がれそう？　久しぶりにご飯行かない？」

栄養士はいつも定時で上がれるが、亜里は夜勤もあるし日勤でも定時で上がれないこともしばしば。むしろ残業するのが普通で、上がれたら奇跡だ。

今日は奇跡的に入院してくる患者が少なく、順調に仕事が回っている。

「うん、行く！」

オタク生活を満喫したくて家を出た亜里でも、誰かと心置きなく話したい日もある。

「よかった。じゃあ、また後で連絡するね。栄養指導行ってくる」

皐月はファイルを持ち、病室の方へ歩いていった。　うしろから見ても、いい女っぷりがわかる歩き方だった。

無事に定時で仕事を終わらせた亜里は、病院の出口で皐月と落ち合い、タクシーで十分ほどの飲食店に到着した。

皐月が選んだラクレットチーズと肉料理が売りのレストランは、こぢんまりとしていて隠れ家的な雰囲気を放っていた。

半個室の席に案内された亜里は、向かいに座る皐月を見てほうっと息を吐く。

皐月の肌はきめ細かく透明感があり、まとめ髪に乱れはなく、服はノースリーブのニット。胸は大きく、腕は細い。

「すごいね、皐月って。いつも綺麗にしててさ」

マニキュアこそ塗っていないものの、整えられた爪も美しい。そんな指先でメニューをめくっていた皐月は微笑んだ。

「ありがとう」

きっと毎日身をかまって努力しているのだろう。皐月は否定せずにうなずく。

（私なんてさ……）

亜里はといえば、不規則な勤務で肌はボロボロ。どうせ汗で崩れてしまうから、メイクはほとんどしていない。

髪を引っつめてシニョンにしていたせいで、ほどいても変な癖がついていてボサボサ。こまめな手洗い消毒をする指先は、ささくれがひどく、指紋がなくなるくらい荒れ放題。

自己嫌悪に陥る亜里に、皐月がメニューを差し出した。

「なに食べようか。ラクレットチーズだけじゃなくて、チーズフォンデユもあるよ」

チーズまみれの料理たちは、疲れた亜里の食欲を刺激した。

「私、チーズの海に溺れたローストビーフの上にラクレットチーズで！　バゲットとポテト、あとビールも」

亜里がほぼ脂肪と糖でできたような食事を選んでも、皐月は注意しない。

病院を離れたら栄養士的なアドバイスはいっさいなく、好きな物を好きなだけ食べてもにこにこしている皐月を、亜里は好いていた。

やがて運ばれてきた料理の上に、店員がラクレットチーズをかける。

熱されたチーズの塊が滝のように流れ、もったりと肉の上に落ちるのを、亜里はうっとりして見つめた。

「いただきまーす！」

皐月はワインを注文していた。乾杯したのち、亜里はすぐにチーズの海にフォークを突き刺した。

「お腹空いたよね」

静かに言った皐月は、バーニャカウダの野菜をつまむ。太らないようにする、すなわち糖質の吸収を穏やかにするには、野菜を一番初めに食べた方がいい。栄養士でなくとも誰もが知っていることだ。亜里もいったん手を止め、野菜を手に取った。

お互いの料理をシェアし、食べながらする話は、やはり仕事のことだ。

「あの患者の家族さあ……」

どこで誰に聞かれているかわからないので、小声で話す。外で患者について話してはいけないとわかっていても、愚痴は止まらない。

「わかる。ちょっと変だよね。質問がいつもとんちんかんで、こっちがいくら説明しても、都合のいいことしか覚えてないのよ」

皐月の口からも愚痴が飛び出す。

「それそれ！　看護師の手もとをじーっと監視するように見てさあ。そんなに不安なら、もっとお金を出して、ベテラン看護師が常についてくれる、高級な病院に行けばいいんだよ」

肉とチーズをがつがつと食らいながら、亜里は話した。

しばらく患者と医師と仕事のできない看護師、ウマの合わない栄養士の悪口を言い合うと、ふたりともスッキリとした気持ちになってきた。

「やっぱ楽しいね〜同期は〜」

亜里はビールの泡を鼻の下につけて笑った。悪口は他病棟の同僚の噂話に移り変わる。どこの誰が産休に入るとか、誰が離婚したとか。

話が合う人間と飲むのは楽しいものだ。亜里は心の底からそう思っていたのだが。

「うーん、これもおいしい！」

「ねえ、亜里。突然だけど」

デザートのハニーモンテビアンコを堪能している亜里に、皐月が言った。

「え、なに⁉」

「私、今月末で病院辞めるの」

突然の退職宣言に、亜里はスプーンを落としそうになった。

「や、やめ、辞めるの？　なんで？」

亜里が見ている限り、皐月は看護師ほど疲弊した様子もなく、患者にクレームをつけられたりすることもそうなかったはずだ。なにより、彼女自身、栄養士の仕事を楽しんでいるように亜里には見えていた。

「結婚するから」

落ちない口紅を塗った皐月の赤い唇からこぼれた言葉は、ビッグバンほどの衝撃を亜里に与えた。

「えええええ⁉　聞いてないんだけど」

彼氏がいることは知っていた。けど、のろけを聞くのはつまらないので、突っ込んで聞いたことがない。

「だって、秘密だったんだもの。でも、もう暴露しておくね。私、宮瀬《みやせ》先生と付き合ってたの。で、式を挙げるより先に籍を入れて同居するの」

「宮瀬先生って、あの宮瀬先生？」

亜里はそれ以上二の句が継げなかった。

宮瀬先生とは、外科のイケメンドクターだ。若いのに腕も確かで、患者や看護師から好かれており、同僚医師からの信頼も厚いという。

（ドクターと、結婚……）

呆然とする亜里に、皐月は真剣な目で語りかけた。

「亜里はこれからどうするの？」

「……は、え……？」

「これからも仕事ひと筋で生きるの？」

問われて、亜里はますますなにも言えなくなった。今でも仕事ひと筋で生きているわけじゃない。どっちかと言うと、オタ活のために嫌な仕事でもがんばっているという感じだ。

これからの自分を想像してみる。もうリーダー格にはなっている。後輩の指導もできるし、このままあと十年がんばれば主任になれるだろう。その後運がよければ看護師長になり、看護局のお偉いさんになり……。

しかし家に帰れば誰もいない。ひとり寂しい部屋で、乙女ゲームをして、老いていくのか。

「べつに、結婚しない人生にケチをつけるわけじゃないの。仕事をがんばって、趣味を楽しんで生きていくのもいいと思う。旦那や子供がいると、自由に動けなくなるって、既婚の友達がみんな言っているから」

「うん……」

「でも私には亜里がムリをしているように見える。看護師ってキツイし、患者やその家族はどんどんワガママになるし。自分が今後どうするか、きちんと考えるなら今だと思うよ」

亜里は黙って考え込む。

（そうかもしれない。結婚をするなら婚活をしなきゃだし、転職をするならそれも早い方がいいし）

同じようにがんばってきた同期があっさり寿退社してしまう衝撃が大きすぎて、それ以上は考えがまとまらなかった。

「私は先生が専業主婦になってほしいっていうから辞める。私自身、将来子供ができたら家にいたいって思ってたから、考えが一致してよかった」

「そっか……おめでとう！　式には呼んでくれる？」

「もちろん」

亜里が混乱しつつも笑顔をつくることができたのは、カオスな職場で平静を保つ訓練を積んできたからかもしれない。会計を済ませてふたりが外に出ると、店の前に一台の高級車が停まった。

「あ、お迎えにきてくれた」

「宮瀬先生……！」

白い高級車の運転席にいたのは、皐月の婚約者で外科医の宮瀬だった。うれしそうに駆け寄る姿を亜里が呆然と見ていると、助手席のドアを開けた皐月が振り向いた。

「亜里！　先生が送ってくれるって。乗りなよ」

手招きする皐月は、亜里にとってもう別次元の人間だった。

「ううん……大丈夫。家まですぐだから、歩いて帰るよ。皐月のマンションとは逆方向だし」

「でも、真っ暗だし危ないよ」

「大丈夫だって。じゃあね」

亜里は車に向かい、形だけのお辞儀をして駆け出した。惨めな自分を、それ以上見られたくなかった。

少し走っただけで、息が切れた。うしろを振り向くが、すでに店も宮瀬の高級車も見えない。

亜里は背負っていたリュックから携帯ゲーム機を出し、イヤホンを装着した。いつもは家に置いてくるのに、どうしてか今日は持っていかなければならない気がしたのだ。スマホでもゲームはできるが、今はまっているゲームは携帯ゲーム機でしかできない。

「大丈夫、大丈夫……」

震える指で起動したゲーム機を見たまま、亜里は道の端に寄った。

（推しがいれば生きていける。推しを見るだけで幸せになれる）

見慣れたオープニング動画が流れ始めると、亜里の台風時並みに荒れていた心が落ち着き始めた。

しかし、油断すると皐月の姿が脳裏に浮かび上がる。

皐月は着実に、現実での幸せを掴んだのだ。内面外面共に磨き上げ、医師という高い地位の男性を伴侶に選んだ。

つらい仕事をしなくても、食べていける。いや、食べていけるなんてけちくさい言葉で表してはいけない。愛する人がいて、お金があって……これから家族が増えて、彼女の周りはもっと愛であふれていくことだろう。

（比べて、私はどうだ）

毎日のつらい仕事で、亜里の精神も肉体もすり減っていく一方。一生懸命看護をしても、患者やその家族にとってはそれがあたり前で、亜里に愛情を抱いて接してくれるわけではない。

（感謝されたいわけじゃない。でも、報われなさすぎる）

唯一、キツイ仕事の代償は給料だ。地元の一般企業に勤める同級生の男子よりも、亜里の給料とボーナスは高い。

(だけど、だけど……寂しい)

お金は大事だ。お金があるからこそできることはたくさんある。

(それだけで人は生きていけるのか?)

ふらふらと歩きながらゲーム機を見る亜里を、周囲は避けて通る。

(いや、難しく考えるのはやめよう。正直に言う。うらやましい! うらやましいんだ! 私は皐月がうらやましすぎる!)

亜里の視界が、浮かんできた涙でぼやけた。大事なゲーム機の画面に、滴が落ちる。

(生まれつき美人で、仕事もできて、ハイスペックな医者と結婚するだと? うらやむなって思う方が無理じゃないか)

今までは、仕事が忙しいから出会いがないと言い訳してきたが、オタイベントで同じ趣味の男性に出会ったことは一度や二度ではない。なのに誰とも恋愛関係に発展しなかったのは、自分の魅力とコミュニケーション能力不足のせいだと亜里はわかっていた。同じ仕事をしていても、結婚して子育てをしている人もたくさんいる。

(どうして私はそうじゃないのか)

四十を超えても結婚していない人、結婚したけど離婚した人もいる。みんな、仕事をがんばって、趣味を楽しんでいる。

（しかし正直、どちらがうらやましいかと言えば……私は、結婚している人たちがうらやましい）

亜里が乙女ゲームばかりするのは、愛されたいという欲求が人一倍強いからだ。

（私だって、愛されたい。幸せになりたい）

現実では叶わない願いを、ゲームの主人公が叶えてくれる。

亜里は波のように襲ってくる孤独に耐え、歯を食い縛った。油断すると、膝から崩れ落ちてしまいそうだ。

無理やり気持ちを切り替え、亜里は自分に言い聞かせる。

（しょうがない。いくら寂しくても、孤独でも、今すぐどうにかできるもんじゃない）

今日は突然の報告だったから取り乱したが、明日から建設的に将来のことを考えなくてはと、看護師生活で培った強靭《きょうじん》な精神で、亜里は前を向こうとした。

（今夜は推しに活力をもらおう）

涙を拭き、イヤホンから流れる音声に集中する。画面の推しに見入り、ふらふらと道のはじっこを歩いていると。

「なんだあれ！」

「危ないぞーっ！」

交差点で信号無視をした一台の乗用車に、いっせいにクラクションが鳴らされる。イヤホンをしていても聞こえる音の波。亜里は異変に気づいた。

顔を上げると、すぐそこに暴走した乗用車が近づいてきていた。運転席にいる老人が気を失い、ハンドルに突っ伏している姿。それが亜里がこの世で見た最後の光景となった。

乗用車は歩道に突っ込む。亜里を含め何人かの歩行者を巻き込んで、そのまま建物に激突して止まった。

亜里は苦痛を感じる間もなく、あっさりと意識を手放した。路上には画面がひび割れた血まみれのゲーム機が転がっていた。

召喚スキル発動

亜里は生温かい水の中を漂っていた。まぶたを閉じ、拳を握り、膝を折り曲げ、丸くなって。

水の中だというのに苦しくはない。むしろ心地よくさえ感じる。穏やかにたゆたっていた彼女の耳に、声が聞こえた。

「亜里よ。このたびはわしの手違いでそなたの命を奪ってしまったこと、遺憾に思う」

しゃがれた老人の声だ。亜里は耳を澄ます。

「わしは神じゃ。あの事故に、そなたは巻き込まれるはずではなかった。そなたは今夜も家に引きこもりゲームをしておると思ったら、なぜか友人と食事をしておった」

どうやら、神様の手違いとやらで亜里は死んでしまったらしい。

(なによ手違いって。まだクリアしてないゲームがあったのに。競争率がバカ高い舞台のチケットも当選していたんだ。どうしてくれる)

遠慮なく神に怒りをぶつけると、申し訳なさそうな声が返ってきた。

「すまんかったのう。いくら恋人も結婚の予定も未来の希望もなかったとはいえ、無駄死にさせてしまったのは本当に申し訳ない」

悪意を感じる神のセリフに、ますます怒りを覚える。

(そんなもんなくても、それなりに楽しく生きていたのよ私は！)

「わかっておる。なのでせめてもの罪滅ぼしに、そなたの愛する世界に転生させることにしたからの」

亜里の怒りがぴたりと止まった。

(私が愛する世界。それって……)

彼女が愛するものといえば、ずばり二次元。

「おまけもつけておくから、来世は幸せになれるようにがんばるんじゃぞ～」

じゃぞ～。じゃぞ～……。無責任な神の言葉が水の中でこだまする。まばゆい光をまぶた越しに感じた。

(ちょっと待って、詳しく説明してよ！)

亜里は丸まっていた体を思いきり伸ばす。その瞬間、閉じていたまぶたがカッと開いた。

見知らぬ広い天井が彼女の視界に広がる。乱れた息を整え、上体を起こした。

(ここは……)

路上で死んだ亜里は、なぜかふかふかのベッドの上にいた。きょろきょろと周りを見回すと、西洋アンティーク風の家具に囲まれていることがわかる。絨毯《じゅうたん》が敷きつめられた部屋は、ひとり暮らしのワンルームより大きい。

ゆっくりベッドから下り、壁際にある姿見のカバーをはずす。と、自分の姿がそこに映り込み、亜里は息をのんだ。

「う、嘘でしょぉおおおっ！」

艶やかな銀髪に、冷たいアイスブルーの瞳。気の強そうなその顔は、亜里が死ぬ間際にプレイしていたゲームの悪役令嬢そのものだった。

「どうして。どうしてよ。どうして主人公じゃないわけ⁉　ぜんっぜん罪滅ぼしになってないじゃん、あのクソジジイ！」

神は亜里を、宣言通り、なにより愛する乙女ゲームの世界に転生させた。しかし、「ヒロインにしてあげる」とはひと言も言っていなかったのを彼女は思い出す。

鏡の前で四つん這いになり、怒りに任せて拳を床に叩《たた》きつけていると。

「アリスお嬢様、どうなされました？」

勢いよく開けられたドアから、メイド服を着た少女たちが入ってきた。

（アリス。そうだった、あの悪役はアリスという名前だった）

立たされた彼女はだんだんと状況を理解する。

(アリスに転生した私は今現在、元看護師の亜里の記憶を覚醒させた、ということか)

亜里は鏡の中の自分を凝視した。十代後半のぴちぴちの肌。ほっそりとした体つき。そして整った顔面。

(悪くない。ヒロインじゃないのは残念だけど、このビジュアルで人生をやり直せるんだもの。新しい人生を楽しまなきゃ!)

早々に吹っきった彼女は、「ごめんなさい。大丈夫よ」とメイドたちに声をかけた。

それだけでメイドたちは面食らった顔をする。

「あ、あの、お着替えを……。今夜は王子様の婚約者発表の日で……それまではどちらのお召し物を……」

ビクビクした様子のメイドを、アリスは首をかしげて見つめた。

(そうか、私は転生してから今まで、周囲に意地悪く接していたものね)

彼女は亜里の記憶が覚醒するまで、悪役令嬢らしく周りに振る舞っていた。まるで腫れ物を触るようなメイドの様子で、自分がいかにいけ好かない人物だったかを悟る。

「ん? ちょっと待って。今夜婚約者発表って言った?」

メイドに確認すると、彼女たちは黙って首を縦に振った。

（やば。よりにもよって、断罪イベントの直前じゃないか）

国王主催の舞踏会で、王子が婚約者を発表する。それがこの世界のベースとなったゲームのラスト直前のシーン。好感度を一番上げた王子が主人公を指名し、主人公をいじめ抜いたアリスが断罪されるというシナリオだ。

（たしか私は、主人公の暗殺計画を立てていたことを暴露されるんだ）

ゲームのあらすじを思い出し、戦慄するアリス。このままでは未来の王族の命を狙った罪で、投獄されてしまう。

「ちなみに、王子ってどの王子だっけ」

「え？　もちろん第一王子のアーロン殿下ですけど」

第一王子のアーロン。メインのキャラクターで、主役らしい臙脂《えんじ》色の髪をしている。

（よし、推しじゃない！）

亜里の推しはアーロンではなく、青い髪の第二王子ラズロだった。アーロンも嫌いではないが、彼のルートはラズロほど萌えなかったのだ。

アリスは決断した。推しでない王子に断罪されてなるものか。

「執事を呼んで！　今すぐ！」

「は、はいっ」

走っていったメイドはしばらくして、執事と一緒に戻ってきた。初老の執事は困惑顔でアリスを見つめる。

「お嬢様、急がねば例の予定に間に合いません」

彼が言うのは、主人公の殺害計画のことだ。アリスは彼を使い、主人公を襲う手はずになっていることを思い出したのだ。

「いいの。あれ、もうやめた。だから行かなくていい」

「え、でもあれほど綿密に計画を」

「やめやめ。悪いことはいっさいやめ。そんなことしても意味ないから」

執事はアリスの変わり様に、ぽかんと口を開けて呆然とした。

(これで断罪イベントは避けられる。今夜の舞踏会でラズロ殿下にお近づきになろう)

アリスは駆け出し、勢いよく部屋の出窓を開けた。朝日が庭の木に反射してきらめき、小鳥が歌う声がどこからか聞こえてくる。

「ここから人生やり直すのよ～！」

突然ミュージカル女優のように大声で歌いだした彼女を、執事が慌てて止めようとする。メイドたちはあぜんとした表情で傍観していた。

舞踏会は、王城で開かれる。

薄い水色のドレスをまとったアリスは、雪の精さながら。と、自分で思っていた。

（美人に生まれ変われただけでも感謝しないとね）

執事と共に舞踏会会場の大広間に入ると、見覚えのある令嬢たち六人がアリスを取り囲んだ。

（あ、この服知ってる。モブたちだ。こんな顔してたんだ）

ゲームの中で、悪役令嬢のうしろについていた金魚のフン。顔はぼんやりと描かれていたが、今はしっかりとした人間としてアリスの前に存在している。

「アリス様、なにかあったのですか？」

「あの女が無事に来ているではありませんか！」

声をひそめて質問する彼女たちの目には、非難の色が浮かんでいる。もちろん、アリスの暗殺計画が失敗したことを言っているのだ。

（そりゃあ、こんなに大勢が知っている計画がうまくいくわけないわよねえ）

もうひとりの自分、亜里の記憶が、ゲームのシナリオにツッコミを入れる。

「ごめんなさい。私は今日から、生まれ変わったの。もう、人をいじめるとか、陥れるとか、無意味なことはやめにする」

アリスはもう、ただの悪役ではない。前世の記憶を覚醒させ、すっかり性格が変わっていた。そこにはなんの葛藤もなく、意外に気分はスッキリサッパリしていた。

しかし当然、周りの人間は誰もついてこられない。

「ええっ。でもこのままじゃ、あの女がアーロン殿下の妃に……！」

モブが視線を送った方に、ひとりの少女が立っていた。丸っこい栗色のボブヘア。丸い瞳。平均的な顔立ちは、まさしく乙女ゲームのヒロイン。

「いいわよ。そもそも私、アーロン推しじゃないし」

「へっ？　おし？　って？」

「みんなも負けを認めたらそれぞれ別の推しを見つけて、楽しく生きましょう。うん、そうしましょう。じゃあね、ごきげんよう」

これ以上一緒にいると面倒くさそうなので、アリスはあえて人混みの中に突っ込んでいき、彼女たちをまいた。

大広間には王家の一族、招待された貴族、魔法学校の生徒たちがあふれ返っている。全員がアーロンの婚約者発表を今か今かと待ちわびていた。

ちなみに、アーロンは第一王子なので当然王太子の地位についていると思われがちだが、実は違う。国王はいまだ王太子を任命していない。

未任命のまま国王が崩御した場合は、枢密院《すうみついん》が次代国王を決めることになっている。

とはいえ、やはり第一王子は立太子される確率が高い。自然に人々の関心も高まるというわけだ。

アリスは人混みの中から、前世の推しであるラズロを探しあてた。しかし彼はほかの王族と共に会場突きあたりの王族席に集まっており、気安く話しかけられる状態ではなかった。

（さっさと婚約者を発表して、舞踏会にならないかな）

そわそわしていると、突然鳴り響いた楽隊のトランペットの音を合図に、舞台に国王が登場した。しんと静まり返った大広間に、国王の声が響く。

「皆の者、面《おもて》を上げよ。本日集まってもらったのはほかでもない、アーロン王子の婚約者を発表するためだ」

人々の期待で空気がざわめくのを、アリスは肌で感じる。国王に手招きされ、アーロンが舞台に上がった。

「皆さん、今日はお集まりいただきありがとうございます。早速ですが、私の婚約者をここで発表しようと思います」

ゲームでは、一番好感度を上げたキャラが舞台に上がって主人公を指名する。

（普通は事前にプロポーズしておいて、婚約が決まってからみんなの前で発表だよね。アーロン殿下ってよっぽど断られない自信があるのかな。いや、王族の求婚を断れるわけないか）

アリスは少し冷めた目で舞台上を見てしまう。アーロンはゲームのキャラだけあってイケメンだが、自分に酔っているような雰囲気がある。

「私が選んだのは……王立魔法学校三年、ソフィア・ミラー嬢です」

大げさに息をのむ音が聞こえ、みんながそちらに注目した。そこには口を押さえ、目をまん丸くしている主人公がいる。

ゲームではプレイヤーが自由に名前を決められる主人公。この世界ではソフィアという名前がデフォルトにされているらしい。

「ソフィア、こちらへ」

王子に呼ばれても、立ち尽くして動かないソフィア。アーロンは舞台から下り、彼女に向かって真っすぐに進む。みんなは彼が通る道を自然に空けた。ソフィアの前で立ち止まり、彼はハッキリと言う。

「お前が好きだ。俺と結婚してくれ」

アリスのうしろの方から、きゃああと悲鳴のような声が聞こえた。学校にはアーロンの妻の座を狙っていた女子が、山ほどいたのだ。

「わ、私なんかで……いいんでしょうか……」

震える声で返事をするソフィア。

(彼を狙って好感度上げてきたんだから、さっさとハイって言えばいいのに。謙虚さを演出しているのか？　あざとい。嫌いだわー)

冷めた目で見ているアリスの前で、ふたりは視線を絡め合う。やがてぼそぼそと王子が小さな声で話し始めた。

(そうそう、ラストは主人公のどこを好きになったかとか、長いセリフがあるのよね)

ソフィアは顔を赤らめ、指で涙をぬぐう。

「よろしくお願いします」

彼女が微笑んだ瞬間、拍手が沸き起こった。王子に手を引かれ、ソフィアは舞台に上がる。拍手はますます大きくなり、ふたりを祝福した。

アリスはごくりと唾をのみ込む。ゲームならばここでアリスの暗殺計画を暴く王家の家臣が乱入し、断罪イベントが発生する。

緊張してなりゆきを見守っていたが、王子とソフィアの幸せそうな婚約発表は順調に進んだ。

（よかった。無事断罪回避したみたいね）

ホッと胸をなで下ろし、舞台を見上げたアリスはドキッとした。ソフィアが、冷ややかな目でアリスを見て笑っていたのだ。

どうだ。私がアーロン王子に選ばれたんだ。悔しいだろう。そう言っているような、底意地の悪い笑顔だった。

（おー、女には敵意むき出し。やっぱり嫌いだわ。っていうか、私があの子をいじめてたんだものね。仕方ないか）

アリスは、ソフィアから王子に「アリスに嫌がらせをされた」と告げ口されることを恐れる。王家からの印象が悪くなると、ラズロに近づけなくなるかもしれないからだ。

アリスはソフィアににこりと微笑み返した。前世で培った、対患者家族用のつくり笑顔は超一級だったと自負している。

「おめでとう！　お幸せに！」

周りと一緒になって彼女に祝福を送ると、ソフィアは驚いた表情で固まった。

（心配してたって仕方ない。ラズロ殿下がダメなら、のんびり実家暮らしをエンジョイしよう）

看護師として働いていたときは、いつも時間に追われていた。丁寧な暮らしなんて夢のまた夢だった。

今世はいちおう令嬢……つまり貴族のお嬢様なので、自分でなにもしなくても、生活ができる。紙とインクもあるので、人を雇って自分好みの同人誌を作って暮らすとか、舞台を見たり本を読んだり、毎日好きなことができる。

(難点があるとすれば、この世界には乙女ゲームがないことくらいかな)

アリスがぼんやり今後のことを考えていると、背後から声が聞こえた。

「ねえ、あなた大丈夫？　しっかりして！」

振り返ると、ひとりの令嬢が座り込んでいた。アリスは近づき、声をかける。

「どうしたの？　ゆっくり横になって」

まだ若い令嬢は、おそらく魔法学校の生徒だろう。友人らしき令嬢はオロオロとするばかり。

横にさせた令嬢の傍らにひざまずき、症状を確認するアリス。

令嬢は水の中でもがくように、苦しそうに首や胸をかきむしろうとする。アリスは彼女の手首を掴んでそれを阻止した。

(顔色が悪い。やたら呼吸が速い)

症状を観察していると、令嬢の体が突然ぴくつき、すぐに大きく跳ねるようにビクビクと震動する。

「悪魔だ！　悪魔憑《つ》きだーっ！　祈祷師《きとうし》を呼べーっ」

いきなり叫びだした近くの男性を見上げ、アリスは声を張り上げた。

「あなたバカなの⁉　これは過呼吸による痙攣《けいれん》よっ！　集団ヒステリーが起こるといけないから静かにしてっ」

この世界では医療が発達していない。痙攣という現象も一般人は知らないので、まるで悪魔に憑かれたかのように見えたのだろう。

「聞こえますかー？　ゆっくり、ゆっくり息をしてくださーい」

亜里が看護師時代に身につけた、患者への話し方が自然とアリスの口から発される。

令嬢の痙攣はすぐにおさまった。しかし、依然としてパニック状態が続き、アリスの声は聞こえないようだ。

「仕方ない。だれか、袋を持ってない？　紙袋！」

アリスは顔を上げて右手を差し伸べるが、その手に袋を渡す者はいない。それどころか、輪を作るように、じりじりと令嬢とアリスは遠巻きにされていた。

（もう！　紙袋さえあれば、すぐに処置できるのに）

過呼吸は浅く速い呼吸を繰り返したために起きる症状だ。血中の二酸化炭素濃度が低くなっているため、自分が吐いた二酸化炭素を吸わせると、濃度が整う。

ただこの方法は、二酸化炭素濃度が上がりすぎて危ない場合もあるため、慎重に行わなければならない。

「早く！　袋！」

叫んでも、誰も動こうとしない。アリスがぶち切れそうになった瞬間、高く上げた右手の上で、なにかが光った。

空から降り注ぐ光が天井を透過し、アリスの手に集まる。

(この温かさ、明るさ……生まれ変わる前にいたところの雰囲気に似ている。もしかして、神様がなにかしている？)

光が収束すると、そこには茶色の紙袋があった。

「なにか召喚したぞ！」

遠くで誰かが叫んだ。

(召喚？　私、紙袋を召喚したの？　神様がくれたのかな)

それにしても、なんて軽くて薄っぺらい物を召喚したのだろう。

「なんだっていいわ」

アリスは袋を開き、令嬢の口を覆った。

「大丈夫ですよー。ゆっくり息をしてくださーい」

令嬢の荒い呼吸がおさまり始めたところで、アリスは紙袋を口からはずした。

「そのまま、ゆっくり、ゆっくり……そう、もう苦しくない」

令嬢の呼吸は落ち着き、頬の赤みも戻ってきた。

「ついでに血圧計が欲しい！」

アリスが右手を上げて叫ぶと、先ほどと同じように光が降り注ぎ、上腕式血圧計が召喚された。

「よし！」

カフを令嬢の腕に巻き、さっそく血圧を測る。正常値だったので、アリスはほっと胸をなで下ろした。

（夢の中で神様が『おまけもつけておくから、来世は幸せになれるようにがんばるんじゃぞ～』と言っていたっけ。あの〝おまけ〟って、望んだ物を召喚できる能力だったのかな）

亜里の記憶が覚醒して初めて、〝召喚スキル〟が発動した。今までのアリスは、亜里のゲームの中と同じで、そのようなスキルは持ち合わせていなかった。

「この方を運んでいただける？　心的な負荷が過呼吸の原因になるから、とにかくのんびりさせてあげて」

「は、はいっ」

「同じような症状が出そうになったら、とにかくゆっくり息をさせてね」

今までうしろの方にいた令嬢の執事が騒ぎに気づき、慌てて出てきたので、アリスは後のことを頼んだ。

（王子の婚約者が自分じゃないことにショックを受けたのかしら。もう症状が出ないといいけど……）

楽になったのか、令嬢はアリスに深くお辞儀をし、執事に支えられながらも歩いて会場を後にした。

「ほう……これはおもしろい。あの娘、変わった能力を持っておるな」

舞台上から見ていた国王が、笑って顎ひげをなでた。王子は呆気にとられ、ソフィアはアリスを睨《にら》むように見ていた。

ソフィアはアリスが自分よりも国王や周囲の注目を集めることが許せない。アリスは突き刺すようなソフィアの視線には気づかなかった。

「さあ、舞踏会の始まりだ！」

ざわめくその場を取りなすように国王が両手を打ち鳴らすと、楽隊が優雅なワルツを奏でる。すると人々は自然に壁際に寄り、広間の真ん中を空けた。

誘った男性とそのオファーを受けた女性のペアが、次々に空いたスペースに出て踊り始めた。もちろんその中でひときわ人目を引くのは、今宵の主役であるアーロンとソフィアだ。

アリスはそのふたりには目もくれず、周りをきょろきょろとうかがっていた。

(そういえば、舞踏会って男性から女性に声をかける決まりなんだっけ)

前世に生きていた頃から男性に声をかけられたことがないアリスは、くじけかけていた。推しであるラズロは、すでに別の令嬢に声をかけ、踊っている。

曲が変われば相手が変わる場合もあるが、これだけ大勢の令嬢の中から選ばれるのは至難の業だ。仕方なく飲み物を取りにテーブルに寄ると、近くにいた男性たちがすっと一歩うしろに下がるのを彼女は感じた。

(え……もしかして、避けられている？　悪目立ちしちゃったのかな？)

理解しがたい能力を目の当たりにして、引いてしまう気持ちはアリスもわからなくはないが。

(やっぱり、人助けしたっていいことなんてないのね)

アリスは亜里の看護師時代の苦渋を思い出す。病院には飼い殺しにされ、患者や患者家族には精神的サンドバッグにされていたあの頃。

不愉快な気持ちを抑え、アリスは顔を上げて立っていた。取り巻きの令嬢たちは、ソフィアに対する敵意を失ったアリスには興味がなくなったようで、それぞれ誘われて踊ったり、アリスと同じように壁の花になっていたりする。

数曲終わっても一向に声がかかる気配がないので、さすがのアリスも心が折れた。

(仕方ない。今日は帰ろう。ほとぼりが冷めたらいい出会いもあるでしょう)

執事の姿を捜し、会場を出ようとした矢先。

「そこのお方、待たれよ」

低い声に胸が高鳴った。

(とうとう声がかかった。しかもイケボ)

たったひと言だったので、どのキャラクターかはわからなかった。期待を込めて振り返ったアリスの前に立っていたのは、陶磁器のような白皙《はくせき》の青年だった。

金色の髪に、右は碧《あお》、左は琥珀《こはく》色のオッドアイ。すらりとした体躯に、小綺麗な身なり。胸には獅子をモチーフにした王家の紋章が着いている。

(王子？　でも、こんな人、攻略キャラにいなかった気が……)

きょとんと見上げるアリスに、青年は手を差し伸べた。

「私は第六王子、ルーク。ダンスはできないが、一緒に来てほしい」

繊細な見た目とは逆に、ぶっきらぼうな話し方。

（ゲームの攻略キャラは第五王子までだった。第六王子もいたのか。そんな隠しルート、聞いたことないけどな）

王族の誘いを断るわけにもいかず、アリスはおずおずとその手を取った。顔に似合わない分厚い手に引かれ、彼女はついていく。すると、行き着いた先はあろうことか国王の御前だった。

「国王陛下、お話があります」

ルークに続き、アリスも慌ててひざまずき、頭を下げた。

「苦しゅうない、立つがよい。おお、その娘は先ほどの。見事であったな」

「もったいないお言葉です」

ルークの陰に隠れるようにして、アリスも立つ。さすがに国王の御前だと思うと緊張した。

「国王陛下、このご令嬢を王家に迎え入れたいと思うのですが、いかがでしょうか」

「えっ？」

「私はこのご令嬢と結婚したいのです」

アリスはぽかんと口を開け、ルークを見上げた。

(この人、会ったばかりでなにを言っているの？)

王族の求婚を、貴族は断れない。断れば反逆罪となり、その場で死刑だ。アリスはなにも言えずに、すまし顔のルークを見つめた。

「それはまた急だな。私はかまわないが」

国王はあっさり、ルークの申し出を認めてしまう。

「えええ、いやちょっと待ってください。あのう、私の素性とか、実家のこととか調べなくてもいいんですか？　っていうか、今初めてお会いしたばかりなのに……」

「魔法学校には例外を除き、きちんとした貴族の令嬢しか通えない。だから素性については大丈夫でしょう」

突然うしろからかけられた声に、神経が逆なでされた。ちらっと振り返ると、そこにはアーロンとソフィアが並んで立っていた。

「いい話が聞こえてきたぞ。お前も人並みに妻《めと》を娶る気になったか」

たしか王子たちは全員母親が違う。ので、年もほぼ同じくらいだったことをアリスは思い出す。

「アリス嬢は成績優秀、見た目もこの通り綺麗で、良家のご出身ですわ。そのせいか、一般家庭の女生徒に意地悪を……いいえ、いろいろご親切に教えてくださって」

あきらかに悪意があるソフィアの言い方に、アリスの神経はますます逆なでされた。

「彼女こそ、ルーク殿下の奥方様にふさわしいお方だと思いますわ」

「うむ」

ソフィアの余計な後押しで、国王はますますアリスに興味を持ったようだった。頭のてっぺんからつま先までじっくりとアリスを眺め、やがてうなずいた。

「よし、決まりだ。アーロンだけでなく、ルークも婚約者を見つけるとは！　なんとめでたい夜だ！」

立ち上がった国王に手招きされ、アリスは半ば無理やり舞台に上げられた。背中をソフィアがグイグイと押してくる。

「皆の者、第六王子ルークの婚約者もついでに披露しておく」

楽隊は音楽を奏でるのをやめ、踊っていた人たちが驚いた顔で舞台を見上げる。

（いやいやいやちょっと待って！　私はこれから、新しい人生を始めるところなの。のんびり恋愛をして、できなければ同人誌でも作って毎日楽しく暮らすの）

そう思っていたのに、いきなり知らない男と結婚とは。自分はどこまでツイていないのか。アリスは泣きそうになった。

（やだよう。のんびり好きなことだけしてゆるゆる過ごしたいよう）

アーロンとソフィアのときとはまったく違う目線がアリスを突き刺す。その目線は祝福ではなく、好奇に彩られていた。

ふと横を見ると、アーロンに寄り添うソフィアがほんの一瞬、「ざまあ」な表情で静かに笑った。

（こいつ、わざとね）

わずかな表情を見逃さなかったアリスがギリッと奥歯を噛み、ソフィアを睨む。彼女はふいと会場の方に向き直り、あざとい微笑みを浮かべた。

改革前夜

翌日、アリスは思いきり寝坊した。昨夜はなかなか眠れなかったからだ。

一方的な求婚をしてきたルークは、発表が終わるとさっさと会場から去っていった。

(本当に意味がわからない)

ベッドの上で昨夜のことを考えていると、だんだんと腹が立ってくる。

初対面なのにいきなり求婚とは。ルークはよほど自分に魅力を感じ、ひと目惚れしたのだろうとアリスは思った。

だから舞踏会が仕切り直され、新しい曲が始まるタイミングでダンスに誘われるのかと緊張した。けれどそれはなかった。では、ゆっくり話でもするのかと思えば、それもなかった。

ルークは『では、また』とだけ言い、会場を後にしてしまったのだ。取り残されたアリスは、呆然と揺れる金髪を見送るしかなかった。

(あの人、いったいなにを考えているの？　ちょっと変な人なのかな)

人生で初めて——しかも前世も含めて——異性から求められたと思ったら、この状態である。アリスはがっかりせずにはいられなかった。

「お腹空いた……」

難しいことを考えると、脳の糖分が消費され、不足する。前世の亜里はそう思っていた。

このままでは集中力が低下する一方なので、アリスは考えるのをやめ、メイドを呼んだ。ぼんやりとした頭で着替え、温められた食事を運んでもらい、それをもそもそと食べた。食事を終えて少し元気が出ると、また考え込んでしまう。

昨日の舞踏会、つまりゲームの中でのラストシーンは、魔法学校の卒業式も兼ねていた。というわけで今日からアリスは、立派なニートということになる。

そもそもこの世界では、将来なにかの職に就くために学校に通うというわけではない。魔法学校に通う貴族の令嬢たちは、火、水、地、風、空の五元素の能力を持つ王子の講習に出る。自分の能力を高め、王子のもとへ定期テストを受けにいくのだ。

どの王子の講習に何回出るか、どの元素の魔法能力を高めるかで、各王子との親密度が変わる。つまり、貴族の令嬢にとっての学生生活は、集団お見合いのようなものだったといえる。

ちなみにアリスとソフィアが学校で主に学んだのは火の魔法。共に火の魔法を使うアーロン狙いだったからだ。しかし、実用性はない。亜里の世界で言う数学と同じで、生徒たちにとってそれはただの知識であり、実習もあるが、家に帰ればほぼ使わない。せいぜいランプに火をつけるとか、かまどや暖炉の薪《まき》を燃やすくらいだが、貴族令嬢はほとんどの家事をメイドに任せるので、自分で火を起こすことはない。

(神様から与えられたこのスキルは、ゲーム中にはなかった。基本の五元素の魔法とは、また別のものなんだろう)

紙袋に、血圧計。紙袋はともかく、血圧計は亜里が生きていた異世界の物だ。

(もしや、異世界の物ならなんでも召喚できたりして)

アリスは思い立ち、手を天井にかざした。

「出でよ! スマホとゲーム機と、同人誌!」

前世でなにより大切にしていた物を、それっぽく呼んで召喚しようとする。しかし、部屋は静まり返り、アリスの手は空っぽのままだった。

「えー。残念。残念すぎる」

どうやら、なんでも召喚できるということではないらしい。盛大にがっかりしたアリスは、ベッドの上に仰向けに倒れた。

その日の夜、アリスは両親と夕食をとることになった。大きな長テーブルの上に、何種類もの料理が並ぶ。

「アリス、婚約おめでとう」

アリスの父がワイングラスを傾けて笑いかける。でっぷりとして鼻の下にひげを生やした、貴族のキャラにありがちな見た目。その父が今日王城に呼ばれ、正式に婚約の手続きをしてきたらしい。

王族の求婚を拒否できないのはアリスもわかっている。ただ、自分がいないところで事態が動いていくのがおもしろくなかった。

「めでたくないわ」

「そんなことを言わないで、アリス。ルーク殿下の妃になれるのだから」

眉をひそめてアリスをたしなめるのは彼女の母。アリスと同じプラチナブロンドとアイスブルーの瞳が、氷の彫刻を思わせる。

「私が殿下の妃になってうれしいのは、お父様とお母様だけよ。私は相手がどんな人かも知らないのよ」

娘に責めるように睨まれ、両親は口ごもった。王家に嫁いだ令嬢の実家は、国に守られる。一生食べるに困ることはない。それが両親の本音だろう。

「それは……ねえ。まあ大丈夫よ。顔も見たこともない人と結婚するのも、昔ではよくあることだったし？」

「そうそう。一緒に暮らしていれば情が湧くものだ。大丈夫大丈夫」

やたらと『大丈夫』と連呼されると、余計に不安になる。

「ルーク殿下はどうして学校で講習をしないの？」

「え……どうしてだろうな。口下手だからかな」

父はなにかを隠している。アリスは直感的にそう思った。たしかにルークは饒舌《じょうぜつ》とはほど遠いキャラに思えた。無口というか、無愛想というか。

「もういいわ」

アリスは乱暴にナイフとフォークを置き、席を立った。引き留める両親の声が聞こえないフリをし、部屋を出ていく。

情報も出さないし、気持ちもわかってくれない両親にはもう頼れない。

（スマホさえあれば、隠しキャラの情報をもっと探せるのに）

亜里であったときは、調べものはすべてスマホに頼っていた。

（明日、私の取り巻きだった同級生のところにでも行ってみようかな。誰かなにかを知っているかもしれないし）

この世界では、情報は自分の足で取りにいくしかない。ため息をついて厨房の横を通り過ぎるとき、声が聞こえた。

『アリスお嬢様もかわいそうにね』

ぴたりとアリスの足が止まった。見ると、厨房のドアがわずかに開いている。隙間からメイドたちの声が漏れ聞こえているのだ。

『ルーク殿下って、国王陛下に嫌われて辺境の地に飛ばされたらしいわよ』

『五大元素の魔法が使えないんですって?』

どうやら純粋培養された貴族令嬢より、メイドたちの方が世間の情報を得ているらしい。胸がずんと重くなるのを、アリスは感じた。

『国境警備隊隊長らしいけど、つまりは王都に置いておきたくないのよ。魔法を使えない王子は国王陛下の恥なんだわ』

『その国境警備隊だけど、まさに掃きだめらしいわよ。隊員はみんな暴れん坊で手がつけられないんですって』

王都に置いておきたくない者を閉じ込めておく体のいい檻《おり》、それがルーク率いる国境警備隊。

(もう十分)

アリスは耳を塞ぎ、その場から走り去った。メイドの噂話で、ルークがだいたいどのような立場か、アリスにはわかってしまった。

王族とは名ばかり、国王に嫌われたはぐれ者。そして、はぐれ者集団の頭。ソフィアもその噂を知っていたから、強引にアリスを推薦するようなまねをしたに違いない。

(ああ……私はなんて運がないんだろう)

これがゲームなら、リセットボタンを押すところだ。

(せめて、もっと前に前世の記憶が覚醒していたら、主人公イジメという無駄な時間を費やすことなく、推しの王子に気に入られるように最善を尽くしたのに)

自分のしたことを後悔し、アリスは拳で近くの壁を叩いた。

(ソフィアをいじめたバチがあたったんだ。あーもう。ああああ、もう!)

後悔をするのは、誰かをいじめるのと同じくらい時間の無駄だ。わかっていても、アリスにそれを止める術は見つからなかった。

二週間後。急ピッチで結婚準備をし、アリスはルークのもとへ旅立つことになった。

本来、王族との結婚となればもっと念入りに準備をするものだ。嫁入り道具や式のための花嫁衣装など、何カ月もかけてオーダーメイドで作らせるのがこの世界の常識。

しかしアリスの両親は、すべて出来合いの物で済ませた。彼らが娘を愛していないからそうしたのではなく、ルークがアリスのなるべく早い到着を望んだからである。

「国王陛下やアーロン殿下の要請がなければ、もう少し時間をかけられたのにね」

母が最後の身支度を手伝いながら、寂しそうに言った。基本的に、この世界では王族に嫁いだ女性は二度と実家に帰ることが許されない。

「幸せになるのよ。あなたなら、きっと大丈夫」

母のキスを額に受け、アリスは神妙な表情でうなずいた。

(こうなったら仕方ない。逃げたら家族も罰せられる。おとなしく行くしかないんだ)

覚悟を決めると、部屋のドアがノックされた。

「お嬢様、お迎えの方々がいらっしゃいました」

ドアの向こうから執事の声がする。アリスが部屋を出ると、父が待っていた。

「いよいよだな。体に気をつけて。幸せにな」

しんみりとした表情で言われると、さすがのアリスも寂しさを感じずにはいられなかった。

「お父様もお母様もお元気で……」

執事に案内されて、両親とアリスが一緒に屋敷の外に出ると、そこには何台もの馬車が停まっていた。使用人に荷物の積み込みを指示していた男がアリスに気づき、近づいてくる。

彼女は目の前に立った彼を、思いきり見上げた。がっちりとした体格で、背も高い。さすが国境警備の戦士といった風情だ。

「おおお、これがルーク隊長がひと目惚れしたお嬢さんか。なるほどべっぴんさんだ。ちょっと冷たそうなところがまたいいねえ」

彼は分厚い手で、アリスの肩を遠慮なくバンバン叩いた。

「痛いわね！　そちらから名乗るのが先でしょう。どういう教育されてるのよ」

無遠慮な手を払いのけると、大男はきょとんとし、次の瞬間盛大に笑いだした。

「こりゃあ威勢がいいや。うちのおかみさんにぴったりだ」

ガハハと声をあげて笑う大男に、アリスたちの方が呆気にとられてしまう。

（おかみさんって……。亜里の世界で言う相撲部屋みたい。やっぱり嫌！）

ルークがイケメンでも、部下の隊員たちがみんなこの大男のような輩《やから》だったら。考えるだけで恐ろしく、アリスの額が汗で濡《ぬ》れた。

「あーすんません。俺はルーク隊長の部下でカールっていいます。よろしく」

やっと名乗ったカールに分厚い手を差し出されたが、アリスはそれを握る気になれなかった。氷の彫像のように動かないアリスの顔を覗《のぞ》き込み、うーんとなにかを考えているようだったカールは、ぽんと手を叩いた。

「ちょっと失礼」

「えっ、きゃあああっ」

突然体が宙に浮き、アリスは目を白黒させた。気づけば、カールに抱き上げられていた。亜里の世界で言う、米俵のように。

「お嬢さんは緊張なさって動けないようだから、俺が運びますわ。じゃあ、これで失礼します」

「あっ、あのっ、娘を頼みます！　ルーク殿下にもよろしくお伝えください」

母が焦ったように言うと、のしのし歩き始めていたカールがくるりと向きを変える。

「はいはーい。どうもでーす」

またくるりと振り返り、カールが歩きだす。アリスを担いでいるとは思えないくらい軽い足取りで。

「無礼者、放しなさい！　お母様助けて！　こんなのやっぱり嫌っ」

助けを求めて手を伸ばしたが、アリスと母の距離は容赦なく開いていく。

「あらら、寂しくなっちゃったか。大丈夫だよー、怖くないからねー」

カールは笑顔でアリスを馬車の中に下ろし、扉の鍵をかけた。

「ようし、花嫁積み込み完了！　出発だ！」

馬に乗ったカールの号令が響くと、あちらこちらから「あーい」「うえーい」とやる気のなさそうな声が返ってきた。

（これが噂のゴロツキ集団。国境警備隊……）

どうやらメイドたちの噂は真実に近かったらしい。最後に母の顔を見ようと馬車の窓から外を覗くと、お尻の下がふわりと浮く感覚があった。

「お嬢さん、風の魔法でひとっ飛びですぜ！」

どうやら馬車が、風の魔法で地面から浮遊しているらしい。ルークのいる国境まで、普通の馬亘なら何日もかかるが、魔法を使えば半日で行けるのだ。

学生時代は、学校の中に各王子の領地に一瞬で転移できる魔法陣があった。個人所有の屋敷に魔法陣を置くのは認められていないので、馬車自体に魔法をかけるしかないのだ。

「〝ぜ〟って。今どき、〝ぜ〟って。あっちょっと、ま……キャアアアアーー‼」

突然新幹線のような速さで走りだした馬車にはつかまるところもなく、アリスは車内で転げ回った。

四時間後。

「ひぃぃぃぃー！」

馬車が急停止し、アリスの体は座席から投げ出された。次の瞬間、アリスは壁に頭をしたたかに打ちつける。

発車するときの震動は少ししておさまり、安定した走りをしだしたのだが。少し油断してうたた寝をしていたらこれだ。

「あなたたち運転が荒いわよ！　事故ったらどうするの！」

馬車の窓から大声で叫んだら頭がクラクラして、アリスは座り込んだ。

（寝不足？　貧血？　頭を打ったから？　気持ち悪い……）

アリスは立ち上がれなくなってしまった。ぺたりと扉に寄りかかる。

「おーいお嬢さん、大丈夫かー？」

カールが無遠慮にドンドンと馬車の扉を叩く。

（静かにしてよ……）

意識はしっかりあるので、アリスはカールの騒がしさに眉をひそめた。すると。

「おい、開けるぞ」

落ち着いた低い声がして、外側の鍵がはずされた。支えを失い、ぐらりとかしいだアリスの体が外に放り出される。ぎゅっと目をつむったが、いつまでも地面に叩きつけられることはなかった。

(カールが受け止めてくれたのかしら)

米俵みたいに担がれたことを思い出し、アリスはゆっくり目を開ける。

しかし彼女の視界に映ったのは、無骨な大男ではなかった。オッドアイの美男子だ。風に吹かれた黄金の前髪が揺れる。アリスは思わず見とれてしまった。

「大丈夫か。少し休もう」

彼女の体を受け止め、抱き上げたのは、ルーク王子だった。花嫁到着の報を受け、出迎えにきていたらしい。

「え、ええ……。あの、歩きますので下ろしてください」

「顔色が悪い。無理をするな」

恥ずかしいので下ろしてもらおうとしたら、あっさり拒否された。花嫁をお姫様抱っこして歩くルークの周りに、人が集まってくる。

そのほとんどが、小汚い軍服に身を包んだ男たちである。運動部男子の汗が染み込んだ靴のような刺激臭が、アリスの気分を余計に悪くした。

「うわー、本当に女の子だ！　しかも綺麗だ！」

「隊長、よかったですね！」

「おめでとうございまーす！」

中年も若者もいるが、みんな小汚く、殿下と呼ぶべき王子に対してなれなれしい。

「静かにしろ！」

ルークが一喝すると、まるで母親に叱られた子供のように、一瞬は静かになる男たち。だがすぐにもとの騒がしさが戻ってしまう。

男たちはルークがすぐ近くにある城に姿を消しても、前庭で歓迎の歌を歌っていた。

ルークは城の螺旋《らせん》階段を上がって二階の廊下を真っすぐに進み、奥から二番目の部屋のドアを開けた。こぢんまりとした城は全体的に薄暗く、ほこりっぽい。

「この城は警備隊の宿舎を兼ねているから、騒がしいときもあると思う。今日はなるべく静かにしておくように言っておくから、ゆっくり休むといい」

「あの、待って……ください」

優しくベッドの縁に座らされたアリスは、すぐに出ていこうとするルークを呼び止めた。

「なにか？」

振り返る顔は無愛想で、笑顔の欠片《かけら》もない。

「ルーク殿下はどうして、私と結婚しようとなさるんですか？　お会いしていきなりだったので、どうしてもわからなくて。ずっと不思議でした」

勝手に婚約して、理由も言わず、今日まで実家の屋敷を訪ねもしない……アリスはひそかに頭にきていたことをやんわり表現した。

「ああ……そうか」

ルークはアリスに向き直った。嫌みが通じたのか通じていないのか、表情からはわからない。

「理由は簡潔だ。君と一緒にいたいと思ったから」

「へっ……」

予想外の理由に、アリスは思わず赤面する。ルークは無表情で続ける。

「あのような場所で臆せずに人助けをした君なら、この隊を立て直してくれると思ったんだ」

「はい？」

「見ての通り、ここの約二百名の男どもは力だけが自慢の粗暴な者たちだ。そしてうちの城にはメイドがいない。舞踏会の後も早く帰って次の日の任務に備えるために、自分たちで夕食を作らねばならなかった」

アリスの体中を、嫌な予感が駆け巡る。

「メイドはここの男連中に耐えきれず、すぐに辞めてしまう」

「だから私に、メイドの代わりをしろと?」

亜里の記憶が悲鳴をあげた。毎日毎日、キツイだけで報われない仕事をした前世のように、今世でもこき使われ続けなくてはならないのか。

(嫌だ嫌だ嫌だ嫌だ! ダラダラしたい! ゆるゆるしたい! スローライフをエンジョイしたい〜!)

普通の妃なら、上げ膳据え膳、自分で労働することなどないというのに。せいぜい催し物のときに、綺麗なドレスを着てバルコニーから領民に手を振るくらい。後は子供を産めば万々歳。その後の世話は他人がやってくれる。

いやそれだけじゃない。国民の血税で着飾り、飲食し、遊興にふけり、楽しいことばかりのはずじゃないか。だからこそ貴族の娘たちは魔法学校に通い、王子と集団お見合いをしていたのだ。

誰かから搾取したお金で、なに不自由なく暮らせる。

王子と結婚するということは、少なくともそういうものだとアリスは認識していた。

それゆえ、いくらルークが国王に見放されているとはいえ、メイドくらいはいると思っていた。

「掃除も洗濯も料理も、全部私がひとりでやるんですか？」

考えるだけで涙が出てきた。複数の人の世話に一生明け暮れる……いきなり大家族の母代わりのような役回りを与えられても、今のアリスにはやり遂げる覚悟などありはしない。

「泣かないでくれ。もちろん、君ひとりにまるごと押しつける気はない」

無表情を貫いていたルークが、アリスの涙を見て初めて視線を揺らがせた。

「貴族の令嬢にそんなことできるわけがないのはわかっている。俺たちみんなで協力するから、知恵を貸してくれ。頼む」

「知恵を……」

「倒れた令嬢の手あては見事だった。君はよほどの知恵者なんだろう？」

アリスは返事に詰まった。

あの場ですぐ対処できたのは、亜里の記憶が覚醒したからだ。亜里が物知りだったわけではなく、看護師だったというだけ。

「この地には医者がいないんだ」

ルークは深刻な顔で言った。

「えっ！　じゃあみんな、病気になったらどうするのです？」

王子は割りあてられた領地をおさめるのも仕事だ。医者がいないとは、よほど困っていることだろう。亜里の記憶がアリスに身を乗り出させる。

「医者はいないが、祈祷師はいる。だが彼らは神に祈りを捧げるのみだ。薬師《くすし》の薬もあるが、症状を和らげることしかできない」

ルークの答えに、めまいがしそうだった。

(魔法奨励の世界で西洋医術が流行《はや》らないのはわかるけど、祈祷師って)

この世界では、医者はメジャーな職業ではない。彼らは王族に仕えることが多く、市民はほとんど医者にかかることができずにいる。たまにいる町医者はほぼ民間療法に近いことしかできない。

「頼む。君となら、もっとこの土地をいいものにできると思うんだ。力を貸してくれ」

ルークがアリスの両手を、しっかりと握った。アリスの胸が跳ねる。男性に手を握られ、熱く見つめられるのはもちろん初めてだ。

「わ……わかりました……協力します……」

「本当か。よかった。よろしく頼む」

雰囲気に流されてうなずいてしまったアリスに、ルークは初めて笑いかけた。破壊力抜群の笑顔に、アリスは下唇を噛んだ。

（くっそ～！　ルークがこの顔じゃなければ、ごねてごねて離縁してもらって、実家に帰ってやったのに！）

ただひとつ救いなのは、無愛想だと思っていたルークが意外にいい人そうだということだ。自分のことだけではなく、領地の人たちのことを真剣に考えている。

（仕方ない。来てしまったからには、それなりに生活していこう。できるだけ、楽をして）

ルークと見つめ合っていると恥ずかしくなってしまうので、アリスはぷいっと顔を背けた。

翌日。城で形ばかりの結婚式を済ませたアリスの顔には、幸福感ではなく疲労が滲《にじ》み出ていた。

（思っていたのと違う……。王族の結婚式ってこんなのじゃなかったはず……）

自室のベッドに座ったアリスは、つい先ほど行われた結婚式の様子を思い出す。

結婚式といえば、亜里の世界でもアリスの世界でも、一世一代の晴れ舞台となるべきものだ。なのに。

厚意で来てくれた美容師にドレスを着付けられ、ヘアメイクをしてもらったまではよかった。その後、城内の広間に移動したアリスは愕然とした。

参列していたのが、国境警備隊のもっさりした男たちだけだったからだ。教会から呼んだ神父と、正装したルークはまともだったものの、アリスはめまいを催した。

(どうしてこれだけなの。兄弟もほかの領地からお祝いに来る貴族も、ひとりもいないなんて)

淡々と進んだ結婚式は、一瞬で終わってしまった。盛り上がっているのは、警備隊員だけだ。

『じゃあ、部屋に戻ろう。宴会の準備ができたら呼ぶから』

さっき広間を出たとき、ルークはそれだけ言い、スタスタと歩いてその場を立ち去ろうとしたので、アリスは慌てて後を追った。

『ちょっと待って。これで終わり⁉』

アリスはルークに対する敬語を忘れた。夫婦だからいいでしょと、亜里の記憶がフランクな口調にさせてしまう。

それはともかく、普通、王族の結婚式とは、領地をあげて祝うものだ。国王や兄弟からの祝いの品や手紙もなく、城から出て民衆に花嫁を披露することもないとは。

『城のバルコニーから手を振ったり、馬車でパレードをしたりしないの？』

『そんなことをしても、誰も集まりはしないさ』

ルークは寂しそうに、そして自虐的に微笑んだ。たしかに、城の外にあふれているはずの民衆の歓声が、耳をすませてもまったく聞こえなかった。

『どうして……』

領地の人々がなんらかの理由で自分を気に入らないのかと、アリスは気をもむ。

『君に落ち度はいっさいない。俺たちが民衆に嫌われているからだ』

ルークは小声で言い、広間に集まっている警備隊員たちに視線をやった。彼らは下品な冗談を言い合い、だらだらとテーブルを運んでいた
『俺も一緒に準備をするから、君は休んでいてくれ』

アリスはそのひと言で、広間を宴会場にするのだと察した。ルークの城は国王のそれとは比べ物にならない小ささで、大人数が集まれる部屋はあの広間しかないのだ。

よく見れば、階段の手すりはほこりだらけ、柱の彫刻には蜘蛛の巣が張っている。お世辞にも裕福な領地の城だとは思えない。

アリスは誰にも付き添われることなく、重いドレスを引きずり、のたのたと自分の

部屋に戻ってきたのだった。

（私にここの人たちを変えることができるだろうか？）

彼らの態度からすると、ルークが隊員になめられきっているのはあきらかだ。国王に大切にされていない王子はイケメンだが、どこか自信がなさそうな顔をしている。自信がない上司をリスペクトする部下は存在しない。

（今世こそはゆったり過ごしたかったのに）

彼女は目を閉じると、亜里が死ぬ直前のことを思い出した。

（皐月はみんなに祝福されて、医者の妻として優雅に暮らしているんだろうな……）

考えたら、泣きそうになった。少しだけ、皐月の幸せを目の当たりにする前に死んでよかったのかも、とアリスは思った。

彼女は頭を横に振り、乱暴に白いウエディングドレスを脱ぎ捨て、ベッドに横になった。

少し昼寝した後、ドアを叩く音でアリスは起こされた。

「おーいお嬢さん。宴会の準備ができたぞーい」

楽なドレスに着替えてドアを開けると、カールが立っていた。

「〝お嬢さん〟じゃありません。私のことは妃殿下とお呼びなさい」

できる限りの怖い顔をつくって睨むアリスを、カールは笑い飛ばした。

「おおっほうっほう。すみませんなあ。じゃあお妃様、さくっと行きましょうや」

結局『妃殿下』とは呼ばない。これはアリスが好かれているから、カールがフレンドリーに接してくるというわけではない。単に子供だと思ってバカにされているのを肌で感じ、アリスは苛立つ。

むすっとした表情で階段を下りていくと、広間はざわざわとしていた。

「おーい、べっぴんさーん！」

「一緒に飲もうぜ〜！」

テーブルにはどこかに発注して届けさせたと思われる料理が並び、隊員たちは主役が来る前にすでにそれに手をつけ、酒まで飲んでいる。

「おいお前たち、もう少し彼女に敬意を……」

ルークが大声を出すが、気づかない隊員たちの笑い声にかき消される。夫の情けない様子に余計に腹が立ったアリスは大股でルークの隣まで歩き、彼女の席に用意されていた曇ったグラスを持った。

「では皆さん。今日という素敵な日に」

隊員たちはアリスの高い声に気づき、グラスを掲げて声を合わせた。

「かんぱーい！」

「って、そういうわけにいくか〜！」

怒鳴ったアリスは、銀のグラスを床に叩きつけた。グラスは床にあたり、コーンとマヌケな音を立てて転がる。

隊員たちは呆気に取られ、アリスを見た。

「あなたたち、お酒を飲めるのは今日だけですからね。明日からは、ひとり一杯までとします！」

「ええ〜っ」

巻き起こるブーイングにも、アリスは怯《ひる》まない。ルークは眉をひそめ、事の成り行きを見守っている。

「誰もかれも昼間っから酒くさいのよ！　そんな人たちを、誰が信用するの？」

アリスは人さし指で隊員たちが座るテーブルを指さす。

「あとね、ご飯、なんとかしなさい！　肉しかないじゃない。もっといろいろな食品をバランスよく取らないと、あなたたちみんな年寄りになれずに死ぬわよ！」

そこまで一気に吐き出し、息を継ぐアリスに、誰かが笑って反論した。

「好きなもん食べて、酒が飲めれば、長生きできなくたっていいんだよ！　どうせ俺たちゃ所帯も持たないはぐれ者だ」

そうだそうだと同意する声を蹴散らすように、アリスは一喝した。

「愚か者！　あなたたちも武人の端くれなら、死ぬときは戦場で死になさい！」

アリスの貴婦人らしからぬ口のきき方に、隊員たちは驚いて口をつぐんだ。

「生活習慣病をなめないで。肝硬変《かんこうへん》にでもなってみなさい。すぐには死ねない。長く苦しむことになる」

肝硬変がなにかわからないながらも、隊員たちはアリスの迫力の前に無言で次の言葉を待った。

「臓器にこぶができて破裂し、吐血を繰り返す。足の骨が溶け、歩けなくなる。その痛みは、想像を絶するでしょう」

ごくりと唾をのみ込む音が、あちこちで聞かれた。

「正常な判断力を失い、心を病み、大切な者に暴力を振るい、家族に見放されて独居になり、苦しみ孤独にあえいで死んでいった者を、私は何人も見てきた。私はあなたたちに、そうなってほしくない」

いつの間にか、広間はしんと静まり返っていた。

「あなたたちは私の家族です。みんなが健康に、心安らかに暮らしていけるよう、力を尽くそうと思っています。だから協力してほしい」

のんびり暮らそうと思っていたのに、いつの間にか〝力を尽くす〟なんて言ってしまった。自分の言動に、アリス自身が驚く。

（亜里の記憶がそうさせるんだ）

キツイ、汚い、休めない。患者やその家族からはワガママを言われる——毎日毎日ネガティブな思いを抱えながらも、亜里は看護師を辞めようとはしなかった。

彼女の根底には、〝病める人の手助けをしたい〟という思いがあったのだろう。

結局、不潔や不摂生から生まれる病から、この城とそこで暮らす人たちを守りたいのだ。

しいんと静まり返った広間に、拍手が響いた。それはアリスのすぐそばから聞こえてきた。無論、手を叩いていたのはルークだ。

「俺は全面的に、彼女を支持する」

立ち上がったルークにつられたのか、あちこちでぱらぱらと拍手が起きた。それはだんだんと数を増し、大きな音に変わった。

（自由な生活を制限されるのが嫌な人もいるだろうけど……今のところは、大丈夫そうかしら？）

病院での治療と一緒で、アリスがいくらこの城の状況を変えようと思っても、本人たちの協力が得られなければ無理だ。それだけに、彼女はみんなの反応に勇気づけられた。そして彼女が小さく安堵のため息をつき、座ろうとすると。

「とんだ茶番だな。付き合っていられるか」

一番奥の席から、太い声がした。アリスが視線をやると、声の主がだるそうに立ち上がる。

「叔父上」

ルークが苦々しい顔で、彼を睨んだ。彼は隊員の中でもひときわ異彩を放つ巨躯《きょく》で、額の切り傷とでっぷりとした腹が目立つ。よく見ると、手足には脂肪がついていない。

「俺はこれからも好きなだけ酒を飲ませてもらう。行くぞ」

マントを翻す彼に続き、近くにいた取り巻き三人が席を立った。

「ちょっと、待ちなさい……」

「アリス、放っておけ」

ルークに腕を引かれ、アリスは口を閉じた。隊員の中にも、席を立った彼らを注意しようとする者はいない。

「あれは俺の叔父で警備隊副長のジョシュア。一度気分を害すると暴れて手がつけられなくなる」

「暴れる？　そんな人が副長なの？」

「国王陛下の弟だからな」

　そのひと言で、アリスは察した。ジョシュアは国王に疎まれて辺境の地に飛ばされ、名前だけの副長となったに違いない。

「仕切り直そう。今日は好きなだけ飲むといい」

　ルークが言うと、隊員たちは食事を再開した。代わる代わる挨拶しにくる隊員の名前を、アリスはできるだけ覚えた。

　そのうちに芸を披露する者が現れ、いつの間にか笑っていた彼女を、ルークも笑顔で見つめていた。

副長の秘密

次の日からアリスは、早速ルークの城および国境警備隊の改革に乗り出した。改革といっても、大層なことをするわけではない。

「ここが最後尾か？」

「ああ。一列に並んでないと、お妃様の扇が飛んでくるぞ」

アリスは使われていない客室で、隊員の健康診断を行おうとしていた。隊員たちはおもしろ半分で、診察の列に並ぶ。

「出でよ、聴診器と体重計！」

アリスが叫ぶと同時に、部屋が光で満ちる。まぶしさから解放された隊員たちが見たのは、彼女の手にある聴診器だった。

床に大きな身長体重計――自動で体重と身長が同時に測れる優れ物――が現れると、隊員たちから声があがった。

「おおっ、これが噂の召喚スキルか！」

前方に並んでいた隊員たちから拍手が沸き起こる。舞踏会で召喚した血圧計と聴診器を持ち、アリスは男たちに指示を出した。

「はい、みんな服を脱いで。上半身だけね。そうしたらそこの体重計に乗って」

声が聞こえた者たちは、素直に服を脱ぐ。隊員たちがアリスに無礼なことをしないよう、そばで見守っていた。

アリスはスカーフを口もとに巻き、マスク代わりにする。先に召喚しておいた医療用手袋をはめ、隊員たちを順番に向かいの椅子に座らせた。

「その身長でこの体重？　ちょっと太りすぎよ。あなたはダイエットが必要ね。ほかに気になるところはなし、と。はい次。ルーク、手伝って」

ＢＭＩ値と皮膚の湿疹や乾燥、口の中のでき物、目の黄変などをざっと見て、ルークに記録させる。

アリスは亜里が小学生の頃に受けた内科検診を思い出した。

（私は医者じゃないから、できることは限られる。でも医者がいないからこそ、自由にできることもある）

亜里の看護師時代は、医師の指示がすべてだった。看護師から見てどんなに患者の体調が悪くとも、医師の指示がなければ血液検査すら勝手にしてはいけないのだ。

逆に、「これって意味あるの？」という治療でも医師の指示があれば、従順に行わなくてはならない。

「げっ。あなた、このでき物。もしかして下半身にもあるんじゃない？」

アリスはある隊員の口唇に、大きなでき物があるのを発見した。

「はい、大事なところに……見ますか？」

おもむろにズボンを脱ごうとした隊員を、ルークが俊敏な動きで止めた。

「ねえみんな。女性がいるお店に行くのはいいけど、病気をうつされないでよ！　とにかく清潔な女の人と遊んでちょうだい」

いわゆる性病の類にかかっている隊員が何人かいた。ほかには痩せすぎ、太りすぎ、高血圧、皮膚病、怪我など。文句なしに健康な隊員はやはり少ない。

「ほらあ、言わんこっちゃない」

記録を見ながら、アリスはため息をついた。下痢や便秘が続いている者などもいるのに、どうして医者に見せないかというと……ルークがこの前言っていたように、この地には医者がいないからである。その代わりになるのが祈祷師なのだが、残念ながらここの隊員たちは、祈祷師を頼るほど信心深くない。

「ありがとうございましたー」

診察を終えた隊員たちが服を着て部屋を出ていった。

「これで全員終わり？」

「いや、その……」

聞かれたルークが気まずそうに顔を背けた。アリスは気づく。そういえば、ルークの叔父、副長のジョシュアとその取り巻き三人が来ていない。昨夜の宣言通り、アリスの指示には従わないということだ。

「あの人たちね。見た目からして生活習慣病のオンパレードみたいな体をしているもの。病気を言いあてられるのが怖いのね」

「そうかもしれない」

「ああいう体の人は、だいたい自己中で変な人って決まってるのよ」

亜里の体験に基づく偏見発言を、ルークはスルーした。アリスもそれ以上言う気はない。

（勝手にすればいいわ。あの年であんなに頑固なのだから、あっさりと他人の言うことを聞くはずもない）

使用済みの医療用手袋を頭上に掲げると、天井がゆがんで穴が開いた。アリスが手を放すと、穴に手袋が吸い込まれていく。

召喚した診療材料は、返還することもできる。医療廃棄物をこの世界に残さぬよう、ちゃんと考えられているらしい。

「さあ、ひと休みしたら次の仕事に取りかかるわよ」

「承知した」

ルークとアリスは外に出て井戸の水で手をしっかり洗い、ふうと息をついた。

目の前には天に届きそうな高い山々が連なっている。頂上にはうっすら雪が積もり、白い帽子をかぶっているようだ。

壮大な景色に励まされ、アリスは大きく深呼吸した。娯楽はなくとも、亜里が働いていた空気がよどんでいる狭い病棟よりは、よほどましだと思えた。

病人の手あては重症者から順に行うとして、まずは城の環境を整備すべき。そう決め、午後からアリスは城の大掃除に着手した。

まず、普段使わないのに無駄に広い〝演奏の間〟からピアノを撤去し、はたきをかけて雑巾がけさせた。

次の日の朝早くからあちこちを消毒液で拭き上げ、ベッドを入れて並べた。

「ひー。つらいよーお妃様ー」

汗だくで働き、ますますにおいがきつくなった男たち。簡単に音を上げる彼らに、アリスは活を入れる。

国境を守る兵士がこれくらいでへこたれるんじゃないわよ」

「だって俺たち、名ばかりだもん。こんな平和な世界で、「国境が襲われるわけないし」

「今は平和でも、今後はわからないじゃない。はい、泣きごと言わない！」

上半身は下着一枚になり、男たちはヒイヒイ言いながら力仕事を再開した。

「うーわ！　お妃様、これ見てくれよー」

部屋の奥にアリスが向かうと、洗濯係に任命された隊員がシーツを剥《は》がして顔をしかめていた。

彼が指さす先には、黒い点がびっしりついたマットレスが。マットレスといっても、この世界の物は亜里の世界の物ほど進化しておらず、大きな布の中に羽根や綿、藁《わら》などを詰め込んで縫ったものである。

「うーわ。カビが生えてる。みんな口を覆って」

いちいち使い捨てマスクを召喚するのは面倒——しかも大人数なのでエコじゃない——なので、アリスもルークも隊員たちも、口もとにハンカチやスカーフを巻きつけていた。はたから見ると盗賊団さながらである。

「パンにできるあれと同じじゃやつですか……」

見た目が悪いので、近くにいたカールにもカビが人体に悪影響を及ぼしそうだということはわかるらしい。

「これは洗えないよなー。どうする、お妃様。一式買い替える余裕は、うちにはねえですよ」

そこにいたカールが腕組みしてうなった。隊員たちはアリスを「お妃様」と呼ぶようにはなったものの、いまだに敬語と丁寧語が使い分けられずにいる。

「うう……そうね、カビてる部分だけ切り取って、なにか詰めて縫うしかないかしら。それにしてもすごい手間ね」

そしてカビの胞子は見えている部分だけにあるとは限らない。知らずに吸い込み続けると体に悪い。

「洗濯はともかく、裁縫ができる男はここにはいませんぜ」

アリスとカールが困り果てていると、黙っていたルークが口にしていたスカーフをはずし、ずいと前に出た。

「力になれるかもしれない」

「えっ？」

短くつぶやいたルークは、手のひらをカビている部分にかざした。彼が息を吸い、静かに吐き出す。すると、手のひらに青白い光が宿った。光は丸い形になり、カビに吸い寄せられていく。

「あらっ……あらあら！」

アリスは目を見張った。ルークが光をあてた部分のカビが、一瞬でなくなったのだ。

「ええっ、すごい！　今のどうやったの？」

キラキラ光るアリスの瞳から視線を逸らすルーク。

「これが俺の魔法なんだ。カビを消せる。たいしたことなくてすまない」

「魔法……」

普通、王族は五元素の魔法を司る。五元素の魔法が使えないルークは、国王に疎まれているという話だった。

しかし、ルークはただ魔法が使えないというわけではなかった。五元素に分類できない新種の魔法を使えるのだ。

「どうしてそういう大事なことを早く言ってくれなかったの！」

大声に怯むルークの両手を、アリスはギュッと握った。彼女の頬は紅潮し、瞳は陽光を反射した水面のように輝く。

「あなたの力、素晴らしいわ！　とっても素敵！」

「え……？」

ルークは戸惑いを隠さない。オッドアイを何度も瞬《まばた》きさせ、アリスを見返した。

「カビを消せるってことは、悪い菌を滅することができるってことよ。この世界では診療材料を清潔に保つことや、空間除菌が難しいけど、あなたがいれば百人力だわ！」

処置には滅菌された診療材料や消毒液を召喚すればいいのだが、感染症が発生したときなどは、ベッドや部屋の除菌が必要になってくる。

召喚はそれなりに体力を使うので、大量に除菌グッズが欲しいとき、人手が足りないときなどにルークの能力はおおいに人々の役に立つことだろう。

「じゃあ、洗濯も隊長の魔法でなんとかなりますかね？」

カールが集めたシーツが入ったカゴを指さす。

「ダメ。それはちゃんと洗って。表面に汗や皮膚片がついてそうだから」

「えー。わかりましたよう」

しぶしぶ歩いていくカールと隊員たちを見送り、アリスは次の部屋の掃除ができているか確認することにした。部屋を出ていこうとしてルークの方を振り返ると、彼はぼんやりと自分の手のひらを見つめている。

「ルーク、どうかした？」

「ああ、いや……なんでもない」

「次の部屋に行くけど、疲れたなら休む？」

「大丈夫だ」

ルークは首を横に振り、アリスに歩み寄った。いつも無愛想な彼の顔が、薄く微笑みを浮かべていた。


城の大掃除は、それから七日間続けて行われた。

毎朝すべての窓を解放し、空気を入れ替え、ルークの魔法で城じゅうのカビを除去。できるところはすべて拭き掃除。大男が大男を肩車し、シャンデリアのほこり取り。あちこちで見られた蜘蛛の巣もなくなり、城は見る見るうちに綺麗になった。

「さあ、どんどん洗っちゃいなさい！」

八日目の今日からは、洗濯に突入。隊服として支給されている軍服が殺人的にくさいので、早朝から近くの川まで洗濯にやって来た。

アリスは毎日下着を取り替えることを男たちに命じた。彼らはほぼ全裸で水浴びをするついでに、軍服と下着をがしがし洗う。

「うわあ……」

大人数の男たちが川を占拠して洗濯をしているので、地元の奥さんたちがドン引きしていた。

それぞれの庭には井戸があるはずだが、ご近所さん同士で川で洗濯しながら話をしたいときもあるのだろう。

「あらこんにちは！　このたびルーク殿下に嫁いできたアリスと申します。皆さん、よろしくお願いいたします」

「お、お妃様……!?」

駆け寄って挨拶をしてきたアリスに驚き、奥さんたちは慌ててお辞儀した。

まさかこんなところで王子の妃が一緒に洗濯しているとは思わなかったのだろう。とくに公表もしていないので、地元の奥さんたちもルークが結婚したことを知らなかったのだ。

「こっちはダメよ。汚い水が流れてくるから。川上で洗濯してね。ねえみんなー、全員でもっと川下に移動してー」

「あいよー！」

男たちはぞろぞろと川の中を歩いて移動する。

奥さんたちはぺこぺことお辞儀し、空いた場所で洗濯を開始した。

（洗濯も、亜里の頃のように洗濯機に入れてボタンを押すだけで終わればいいのに）

この世界の家事は女性にとって負担が大きい。

「あなたたちもお城で集団生活じゃなくて、外に所帯を持って通勤してくれれば？」

じとっと男たちを睨んだアリス。城にいる者の数が減れば減るほど、アリスの仕事は少なくて済む。

「それを言うなよう。俺たちモテないんだよう」

そうでしょうね。とアリスは思ったけど、ため息だけで返した。

「とにかく、毎日水浴びをしなさいよ。男は清潔が一番だから」

亜里の世界とは違い、ここでは風呂という習慣が一般的ではない。いちおうルーク専用の小さな浴室と浴槽はあるものの、あきらかにひとり用の上、暖炉で沸かしたお湯を張って使うものなので、大人数には向かない。

アリスはひとり、岩の上に座って男たちの様子を眺める。その中にはルークもいた。シャツの袖とズボンの裾をまくり、隊員と一緒に洗濯をしている。

（ま、なんだかんだ私は命令を出すだけだから、最初に思っていたより楽だわ。みんなもなんとなく楽しそうだし）

彼らの仕事である国境の巡察はシフト制。非番で城にいるだけだと、ついお酒を飲んでつまみ食いしてしまう。その時間に体を動かすようにしてから、彼らの表情は格段によくなってきた。

アルコール依存症になっていた者は、アルコールを取らないことによる離脱症状、つまり禁断症状が出た。幻覚が見えたりするのである。

そういう者は、先日つくった医務室で過ごすことになっていた。アリスがいないときは、隊員が順番で見張っている。

(明日は城じゅうのカーテンを洗って、あ、まだ洗ってないシーツも。無理そうな物はルークに除菌してもらって……)

まだまだやることはたくさんある。そして環境整備は一度やったら終わりではない。城がある限り、ずっと続いていくのだ。

(もっと資金があればなあ)

嫁いでから何度も思ったことを考えてしまう。お金があれば、城の隣に独立した病棟と、隊員用の広い寮、練兵場を作れる。メイドを雇えば、隊員の負担も少なくなる。

けれど今の時点では、せいぜいメイドをひとり雇うことぐらいしかできない。国王もルークには、必要最低限の援助しか出さない。税収も、とくに名産品のないこの地では限られている。

(税金を上げるわけにはいかないし、仕方ないか)

民衆は貧しいながらものほほんと暮らしている。アリスは彼らに無理な労働を強いる気にはなれなかった。病院にこき使われる亜里のような、不当に扱われる人を増やしたくはないのだ。

(とんだお人よしよね、私って。悪役令嬢のはずなのに)

その日の分の洗濯を終えると、アリスたちは木の間にロープを張った。

「さあ、どんどん干しなさい」

彼女自身は、たとえ洗われたものであろうと、隊員の下着を触る気はいっさいない。

隊員たちは「しんどい」と文句を言いながら、大人数で次々に洗濯物を干していく。

「世間の奥さんたちは、しんどい家事を毎日一手に担っているんだから。文句言わないの!」

アリスが偉そうに胸を張ると、近くを通りかかった奥さんたちが「まったくその通りだわ」「男たちも私たちの大変さを思い知ればいいのよ」と激しく同意して帰っていった。

城に戻ったアリスとルークは、簡単な昼食をとった後、午後の非番隊と一緒に洗濯物を取り込みにいった。

「あーこらそこ！　地べたに落とさないで。せっかく洗ったのに」

相変わらず雑な男たちに指示を飛ばしていたアリスの裾を、強い風がさらった。

「きゃっ」

ドレスの裾を押さえ、目を覆う。隊員たちは砂が入らないよう、洗濯物のカゴに覆いかぶさった。

一陣の風が行きすぎた後、アリスが目を覆っていた手をどかすと。

「あっ！」

まだ干してあった一枚のシーツが、上空に舞い上がっていた。

「待ってー！」

シーツ一枚でも城の貴重な備品だ。アリスはブーツを履いた足で、シーツを追いかけて走りだす。

「お妃様！」

「俺が追いかける。お前たちは作業を終えたら、先に城に戻っていてくれ」

軽装のルークもアリスを追いかけ、行ってしまった。

「隊長がいるなら大丈夫かな？」

隊員たちは顔を見合わせた。シーツが飛んでいったのは街の方だし、迷子になるようなことにはならないだろうと判断し、のんきに洗濯物を取り込み、城に戻った。

ふわふわと風にさらわれたシーツは、街の方へと飛んでいく。

「ちょ、ちょっと……そろそろ落ちてきなさいよ」

ぜえはあと荒い息をするアリス。そもそも令嬢は労働もしないし、魔法学校でも体育の授業はなかった。彼女に運動するための体力というものは備わっていないのだ。

「大丈夫か。城に戻れ」

追いかけてきたルークがアリスの肩を叩いた。

「ダメよ。ひとりじゃ戻れないわ」

彼女はまだ、こっちに来て日が浅い。走り続けたら目の前は街。ここからひとりで城に戻りなさいと言われても、途方に暮れてしまう。

「落ちる」

ルークが下降するシーツを指さした。ふたりで一緒に追いかけ、地面につかせまいとワタワタした。

「つかまえ……たっ！」

ようやく無事にシーツをキャッチしたふたりは顔を見合わせ、息をつく。気がつくと、ふたりはとある民家の敷地に入り込んでいた。

レンガ造りの建物は、どこか変わったにおいがする。とにかく不法侵入してしまったので、慌てて裏から表に出ようとすると。

「待て」

先を歩いていたルークが突然立ち止まり、アリスは彼の背中に鼻をぶつけた。

「どうしたの？」

「しっ」

ルークはアリスの肩を抱き、建物の裏側に戻る。ふたりはそこから顔半分だけを覗かせ、表の通りに面した方をうかがった。

「あっ！」

民家から出てきた大柄な人物が、だるそうにのっそりと歩きだした。その腹はまるで蛙のようにまん丸く張りつめている。そこだけ見ると、臨月の妊婦のようだ。

「ジョシュア副長じゃない」

顔はイケオジでも、体が残念な、感じの悪い副長。アリスは思わず彼を睨みつける。

洗濯にも参加せず、こんなところでなにをしているのか。

「取り巻きを伴わず、なにをしているんだろう」

副長は四十代後半で、同じ年頃の取り巻きを三人、いつも連れている。

しかし今日は、あきらかにひとりだ。彼は数歩行った先で振り返り、建物の方をじっと見つめた。

「なにあれ。めっちゃ見てる。気づかれたかな?」

「そういうわけではなさそうだが……」

ジョシュアはしばらくそうした後、ふと背を向ける。安そうな辻馬車を拾い、それに乗り込んだ。

馬車が角を曲がって見えなくなってから、ふたりはそっと建物の裏から出た。

「あんたたち、人んちの裏でなにしてんの?」

突然声をかけられ、ドキリとしたふたりが振り返る。逆側から来たのであろう子供が、アリスたちを睨んでいた。

十二歳くらいの彼からしたら、シーツを抱えた怪しい大人にしか見えないふたりである。

「すまない。シーツが風で飛ばされてしまって。すぐ失礼するよ」

ルークが柔和な声音で言うが、子供は警戒を解かない。曇りなき眼でじっとふたりを見つめている。

「ふーん」

「ねえ君、つかぬことを聞くけど、さっきの怖そうなおじさん、ここによく来るの？」

アリスが興味本位で尋ねると、少年はうなずいた。

「あいつ、国境警備隊の副長なんだ。うちの薬を買いにくるんだけど、いつもツケにするんだ。大迷惑だよ」

「薬を？」

ルークは表まで回って建物の入り口を見た。控えめな小さな看板に『薬』の文字が。さっき感じた変わったにおいは、おそらく庭で干した薬草の残り香だろう。

警備隊には余計な予算がない。薬が欲しくても、副長の自由になる金は実はあまりないのだ。ある分すべて酒に変わっていると思われる。

彼はそれを一般市民に知られたくなくて、ツケと称してタダで薬をもらっていくのだろうか。ただ単にケチで横暴なのか。

アリスは腹が立った。亜里だった頃も、アルコール依存症の患者が入院費を払わず帰っていくのを歯ぎしりして見ていたものだ。

彼らは支払い能力がない。人それぞれ様々な事情があるにせよ、「酒を買う金があるなら入院費払えよ！」と思ってしまうのが人間である。

厚かましく横柄な彼らは、退院してもすぐに酒を浴びるように飲む。結果吐血し、病院に帰ってくる。

「それは許せないわね」

「しかもあいつが店に来ると、ほかのお客さんが怖がって入ってこられないんだよ」

「そう。あなたの代わりにぶん殴ってやりたいわ」

同調するアリスに気を許したのか、少年は突如くしゃりと顔をゆがませた。

「父さんさえ生きていれば……」

「父さん？　あなたのお父様はお亡くなりになったの？」

「数年前にね。女ひとりだからってなめてるんだ」

アリスは顎に手をあてて考え込む。

（もしかして、副長はここの奥さんが好きで通っているのかしら？）

ちらと見たルークも同じことを思ったらしい。さっと窓から中を覗くと、三十代くらいの金髪の女性が中で作業をしていた。

「美人なお母さんだな。心配する気持ちもわかる」

「そうだろ。あーあ、あんな汚いやつら全員いなくなって、新しい領主様が来ればいいのに」

少年の悪気のないひと言が、ルークの胸をぐっさりと突き刺した。

ルークはジョシュアが叔父ということもあり、素行が悪くてもなにも言えないでいる。少年に自分の非力さを指摘されたようで、非常に落ち込んでしまった。

「ちょっと、こんなところでどんよりしないでよ。——じゃあね坊や。薬が必要なときにはまた来るわね」

あえて自分たちの身分を明かさず、ふたりは薬屋を後にした。シーツを持つ手が、とても重く感じられた。

厨房の侵入者

アリスが嫁いできて二週間後。ルークの城は、見違えるほど清潔になっていた。

老朽化した外壁はどうしようもないが、中のカビや蜘蛛の巣はなくなった。こまめな換気のおかげで、嫌なにおいもしなくなっていた。

病気を患っていた者たちは療養に専念することに。これで症状の悪化や他人への感染の恐れも減った。

「明日からの勤務表だ。各々目を通してくれ」

ルークが城の玄関に大きな紙を貼った。そこには、全員の負担が平等になるように国境警備のシフトが表になっている。

「『○』は一日お休み、『●』は八時から十七時の日勤、『△』は十七時から翌一時までの準夜勤、『▼』は一時〜八時の夜勤ね」

アリスが説明書きをシフト表の横に貼った。

「おお、これは見やすい」

隊員たちは自分の名前と日付を見比べていた。これもアリスが亜里の看護師時代のシフト表を思い出し、まねしたものである。

今まではルークが管理していたが、仲のいい者同士でできた班が適当にサボりながら仕事をしていた。

国境警備と言っても、実情は国王が厄介払いをするためにつけた無理やりな名目だと言われている。人がやっと通れる狭さの山道を見張るだけなので、仕事という仕事はない。それだけに、隊員の士気を高めるのも難しい。

ルークが国境の領主となったのは十四歳のとき、九年前のことだ。ジョシュアも同じ時期に赴任した。初めはルークを助けていた彼も、だんだんと酒に溺れていったという。

誰の助けも得られない中、ルークは彼なりに必死に隊を切り盛りしてきた。見て見ぬフリをしてやり過ごすしかできないところもあっただろう。

アリスもそれはわかっている。しかし今の隊員たちに必要なのは、規則正しい生活と、適度なやりがいだ。

そしてこれからもずっと、この地の国境が突然侵されないとも限らない。なにかがあってからでは遅いのだ。

隊員たちがどこでなにをしていたかという記録を残しておくことは、重要だとアリスは考えていた。

「日勤の数が多すぎやしませんか」

「日々やることがたくさんあるから。何人かは市中の見回りや私の手伝いをしてもらう予定よ」

「手伝いって、掃除や洗濯ですか」

「ええ。楽しくやりましょう」

不満そうな隊員たちもいたが、アリスは笑い飛ばした。朝から晩まで走り回っていた亜里の業務に比べれば、みんなで家事をすることはどんなに楽かと思う。

「お妃様にはかなわねえや。俺たちどんどん健康になっていく気がするわ」

カールが笑って頭をかいた。苦い顔をしていた周りの隊員たちも、つられて顔をほころばせる。

「ああ？　なんだこりゃあ」

剣呑さを含んだ声が、その場の空気を壊した。一同が振り返ると、ジョシュア一行が勤務表を一瞥した。

「はっ。たいした仕事もないのに、無駄なことをするもんだ」

今にも破りそうな勢いで、取り巻きのひとりがシフト表をペタペタと触る。

「無駄じゃない。無駄で国の厄介者だった俺たちは、これから変わるんだ」

ルークが強い調子で言い、取り巻きの男の細い手首を掴んだ。オッドアイに睨まれた男は怯み、ルークの手を振り払って引っ込めた。

「五元素の魔法も使えないのに、大層なことを。国王を見返してやるつもりか？」

取り巻きのうしろから嘲笑したのは、ジョシュアだ。険悪な雰囲気が彼らの間に垂れ込める。

「見返そうなんてつもりはない。俺は俺にできることを、アリスとやるだけです」

「ふん。小賢しい小娘の言いなりか。情けない男よ」

小賢しいと言われてカチンときたアリスは、前に出て言い返そうとした。ルークがそれを静かに手で制す。

「あなただって王族なのに、五元素の魔法が使えないはみ出し者じゃないか。辺境の地で酒浸りになり、腐っていて恥ずかしいとは思わないか」

「……なんだと？」

ジョシュアの凶暴な目がルークを睨んだ。顔の傷と相まって、隊員たちが震え上がるくらいの迫力だ。

「俺はあなたに、昔のような立派な武人に戻ってもらいたい。どうかアリスの検診を受けてください」

「黙れ。断固拒否する！」

怯まないルークに、ジョシュアの方から背を向けた。一行はドスドスと床を踏み鳴らして去っていく。

（ルーク、勝っちゃった。いつの間に言い返せるようになったんだろう）

ちらりと横顔を覗くと、ルークの目もとは自分が悪口を言われたときよりも悔しさを滲ませていた。

「ごめん。彼を孤立させる気はないんだ。みんなは、うまいこと仲よくやってくれ」

「隊長……」

戸惑う隊員たちを残し、ルークは城の外に出る。アリスは後を追った。

「ルーク、大丈夫？」

「ああ。ちょっと言いすぎたかな」

しょぼんとするルークの手を、アリスは握った。するとルークが、ぽつぽつと語りだした。

「あの人は昔、魔法が使えなくてもすごかったんだ。どんな王族も、剣では決して彼に勝てなかった」

「そうなの？」

「だから、父上に疎まれたんだと、噂で聞いた。クーデターを起こされないように、辺境の地に飛ばされたのだと。結婚していた人には愛想を尽かされて離縁し、あんなふうになってしまった」

ジョシュアにそのような過去があったとは知らなかったアリスは、驚いた。

（てっきり、酒に酔って暴れたりして国王陛下に嫌われたんだと思ってた）

彼が酒浸りになったのは、自暴自棄になったからだったのだ。

「副長は毎日相当お酒を飲んでいるの？　さっきもお酒のにおいがしたけど」

「あ、ああ……。おそらく、水の代わりに飲んでるな」

「何年もそういう生活が続いているのね」

アリスは眉をひそめた。長年のアルコール多飲は、ジョシュアの心身に計り知れないほどの悪影響を及ぼしていることだろう。

「薬屋さんに薬を求めにいっているってことは、体調が悪いんじゃないかしら」

「そうだろうな。でも意地でも俺たちには頼りたくないと見た」

いったい、どういう症状で薬屋に通っているのか。薬屋の奥さんが目あてかと思ったけど、本当にそうなのか。

考え込みそうになり、アリスは首を横に振った。ルークがジョシュアをなんとかしてやりたいと思っても、彼自身が生活を改めようと思わなければ無理だ。

「仕方ないわね。心を開いてもらえるまで、気長にやりましょう。次の行動を考えてあるの」

「まだ改革が続くのか」

「嫌？」

「いいや、楽しみだよ」

ルークは微笑み、アリスの手を握り直した。ちなみにこのふたり、夫婦となってからも別々の部屋で眠っている。

普通の王族なら、メイドが妃の用意を整え、夫と同じ寝室に送り込む。けれどここにはメイドも執事もいない。さらには跡継ぎを望む声もない。

なので、アリスは自分のベッドで、好きなだけ手足を広げてぐっすり眠っているのであった。

もともと恋愛を経て夫婦になったわけでもないので、アリスはルークに対し、特別な感情をまだ抱いていない。

（でも、いい人よね。この城のみんなをなんとかしたいと思って、文句も言わずに働

いてるんだもの）

夜中、ベッドの中でアリスは考える。

（ルークは私のこと、どう思っているのかしら？）

そもそも彼はアリス自身ではなく、彼女の能力を買っただけなのだ。

（ああ……乙女ゲームがしたいなあ）

亜里はクールなキャラが好きだった。普段は冷静なキャラが親密度が高くなるにつれてデレてくる。最後には、どのキャラより恥ずかしい言葉で告白してくる。

そういった、クールと溺愛のギャップがたまらなく好きなのだった。

（まだルークと私は、親密度を上げている最中ってことよね）

ゲーム中の攻略対象でなかったルークとは、今後どうなっていくのか、アリスには想像もつかない。

（もしかして、亜里が死んだ後、続編が販売されてたりして）

人気が出るとシリーズ化して、攻略キャラが増えていくのは乙女ゲームあるあるだ。

（やっぱり生きていたかった。ルークが出てくるゲーム、やりたかったな。いや、先がわからない方が人生はおもしろい……か？）

亜里の記憶のおかげで、断罪イベントは回避できた。やっぱり、ちょっとだけ先の未来がわかっている方が安心できるかも。

そんなことを考えながら、アリスはいつの間にか眠りの中に落ちていった。


数日後。

「なんっだ、こりゃあ……」

城の前に豚と鶏がうじゃうじゃとあふれていた。牛も二頭いる。

隊員たちはカオスとなった城の庭を、固唾をのんで見守っていた。

「待ってたわ。さ、みんな縄を持って、裏の丘にこの子たちを誘導して」

「え、あの……お妃様、こいつらいったい？　お妃様のペットですかい？」

勢いよく城から出てきたアリスに、カールが問いかける。彼女はきょとんと首をかしげた。

「は？　食料にするに決まっているでしょ？　実家に頼んで送ってもらったのよ」

「迷惑をかけて申し訳ない……」

アリスのうしろから、肩身が狭くなったルークがつぶやいた。

「ぜーんぜん。うちの両親、花嫁道具をろくにそろえられなかったことを気に病んでたから。これで楽になったはずよ」

「それも申し訳ないな……」

ルークがなるべく早くと望んだので、アリスはほかの貴族令嬢のような用意ができず嫁いできたのだった。

「べつにいいわよ。ここじゃ豪華なドレスも宝石も化粧箱も使わないしね。さ、みんな行くわよ～」

悪気のない言葉が、ルークの胸をざくざく傷つけていることをアリスは気づいていなかった。

「俺がしっかりしていれば、君にもっといい暮らしをさせてあげられるのに……」

胸もとを握りしめて眉を寄せるルークの言葉は、アリスには聞こえていなかった。

彼女は新しく来た家畜を、裏の丘に作っておいた柵の中に誘導するのに夢中になっている。

「厩舎《きゅうしゃ》が残っていてよかったわ」

ルークがこの地に流されるずっと前から、この城はあった。昔はたくさんの馬がつながれていたと思われる厩舎も、今は三分の一しか使われていない。

「お妃様、もしやこの家畜の世話も……」

「もちろん、みんなでやるのよ。それと、こっちもね」

ぶうぶう鳴く豚に囲まれたアリスは、実家の使用人が運んできた麻袋を指さした。

「家畜のエサですか？」

「いいえ。野菜の苗や種よ」

アリスが袋を開くと、ジャガイモの種イモや紙袋に入った野菜の種が現れた。

「農家のまねごとまでするんですか？」

うええ～と隊員たちからブーイングが漏れた。アリスが来てから、彼らの仕事量が倍以上増加していることは、れっきとした事実だ。

「そうよ。あなたたちには栄養が足りない。バランスよく食べて、運動する。これが健康的な心身をつくるのに最も重要なのよ」

ひとり暮らしで適当な食事とゲームばかりしていた亜里のことは棚に上げ、アリスは力説する。最後の食事がおいしかったことだけが、前世唯一の救いだ。

「材料を買ってくればいいじゃないですか」

「買うのは割高だし、生物や薬物は保存がきかないわ。毎日畑から新鮮な野菜をとって食べる方がいいでしょ」

今、隊員たちの主食はパンと干し肉、チーズ。そして酒となっている。塩分が高く、ビタミンが著しく欠乏した食生活だ。

「体が引き締まったら、恋人が見つかるかもよ～」

アリスの甘美なささやきに、背を向けかけていた隊員たちの耳がピクリと反応した。

「畑をひとつ確保しておいたわ。隣近所の畑で働くかわいいお嬢さんたちにいろいろ教えてくれるように頼んでおいたんだけど……やっぱり無理ね。やめておこうかしら」

「いやいやいや、やりますよ！」

「あー俺、急に鍬《くわ》が持ちたくてたまらねえな！」

男たちは急にやる気を見せた。

「そう？　よろしくね～」

アリスは笑顔で仕事を分配した。ルークはただ感心して、その様子を見ていた。

とはいえ、いきなり野菜を収穫できるわけではないので、しばらくは実家から送られた食品と買い物でしのぐことになる。

「君はすごいな。俺にはできなかったことをどんどん進めていってしまう」

「私だって手探りよ。みんなの協力がなきゃ、こんなに順調にはいかないわ」

亜里の看護師時代の仕事もそうだった。お互いをフォローし合って、なんとか病棟運営ができる状態だった。

「ここの人たちははぐれ者ばかりだと聞いて心配してたけど、そんなに悪い人たちじゃないわね」

「まあな……事情があったり、単に無教養で就職できなかったり、いろいろだが、根っからの悪人はいないと信じている」

話をしているふたりの周りをぶうぶうと豚が取り巻く。うるさい鳴き声に、水をさされる。

「そろそろ城に戻ろう」

「ええ」

ルークがアリスの手を取る。いつの間にかふたりは、自然に手をつなぐようになっていた。

翌日から、隊員たちはさらに働いた。元農家や元畜産家の隊員がほかの隊員に指示を出し、運営は順調なすべり出しを見せた。

「あいつらは次男や三男で、実家を継げずにあぶれたんだ」

「いいわね。彼らを昇格させましょう」

隊員たちは日に日に豊かになっていく食生活に歓喜の声をあげた。

「卵だ卵だ！」

「牛乳も生野菜のサラダもある」

「干していない肉なんて、何年ぶりかなあ」

アルコールを制限されても、十分な食事と運動で、ストレスはさほどたまっていないようだ。

ちなみに料理は、少年の頃料理が趣味だったという隊員が取り仕切っている。彼は料理長に任命された。

ルークとアリスは寝る直前までルークの執務室で話し合った。といっても甘い恋の話などではなく、ほとんどが警備隊の運営に関することだ。

「若くても有能な人材はどんどん取り立てたい」

「逆に古くて無能な人材は、スッパリ切り捨てられたら楽なんだけど」

「それは言うなよ……」

アリスは冗談を言ったつもりだったが、ルークは目の上のたんこぶ、ジョシュアのことを言われたと思ったのか、苦笑いした。

「冗談よ。ねえ、喉が渇かない？　お茶を淹れてきましょうか」

「そうだな。じゃあ俺も一緒に行くよ」

使用人がいないので、夜にお茶が飲みたくなったら自分で用意するしかない。

執務室から厨房までの廊下は暗い。ルークはランプの代わりに手から光を放ち、護衛のようにアリスにぴったりとくっついて彼女を誘導した。

（ちょっとドキドキするかも……）

アリスは亜里の林間学校で行われた肝試しを思い出した。中二だった亜里は、とくに親しいわけではない男子とペアだった。相手を知らないぶんやけにドキドキした。

亜里の人生で、唯一輝いていた時代かもしれない。

ルークに手を引かれ、厨房に着いたアリスは異変に気づいた。ドアを開ける前から、中に誰かがいるような物音が聞こえる。

「誰かがつまみ食いしにきたわね」

「それだけならいいがな。念のため、君は俺のうしろにいろ」

鼻息を荒くしたアリスを落ち着かせて、ルークがゆっくりと扉を開く。

「誰かいるのか！」

厨房の奥に向かって右手を突き出すルーク。彼の手のひらから放たれる光彩が、闇の中から侵入者を浮かび上がらせた。

まぶしそうに手で顔を覆ったのは、ジョシュアだった。彼は酒樽のそばにいた。

酒樽も食糧庫も、勝手に入れないように鍵がかけてある。とくに酒樽は厳重に鎖を巻きつけ、簡単に栓が抜けないようになっていた。

「叔父上……」

ルークが手を下ろすと、ジョシュアはまたゴソゴソと動き始めた。アリスたちに見つかったことなど、気にしていないように。

「くそっ、なんだこれは……おいお前、どうせなら俺の手もとを照らしてくれ」

ふたりはゆっくりと彼に近づく。ルークの弱い光で照らされた彼の手はブルブルと震え、とても鎖をほどくことはできそうにない。

「酒……酒を持っていないか」

あきらめたジョシュアは、ルークに手を伸ばした。求められた物を持っていないルークは、首を横に振る。

「無理よ。鍵がないと、この鎖はほどけないようになっているの」

「ううっ……くそ、この小娘が！　か、か、鍵を出せ！」

ろれつも回らなくなったジョシュアが、黄ばんだ目でアリスを睨み、襲いかかろうとする。

「やめろ！」

横からルークがジョシュアの体を抱きしめるようにして踏ん張る。

うつろなジョシュアの目には、アリスが凶悪な悪魔にでも見えているようだ。両手をバタバタさせ、大声をあげる。

「俺にはわかっているんだ！　お前は俺を殺しにきた死神だ。お前の横には、元女房までいる！」

「叔父上、落ち着いてくださいっ」

「ああ、なんだよ。元女房が、そこで知らない男と抱き合っている。お前ら、城に部外者を入れていいのか」

「そんな人はここにいない。なにを言っているんだ」

アリスはゾッとした。ジョシュアの言うことは完全につじつまが合っていない。目はうつろで、手が震えている。顔は汗でぐっしょりと濡れていた。

ほかの者はもっと早く症状が出た。そう、これはアルコール依存症の禁断症状だ。

彼は今、誰にも理解してもらえない幻影に苦しめられているのだ。

（まともに取り合っても無駄よ。わかりはしない）

アリスは目でルークに訴える。幻影を現実と思っている者に、どんなに真実を教えても無駄なのだ。

きっと彼は自費で買った酒を切らしてしまい、厨房に盗みにきたのだろう。禁断症状が出るということは、短くて数時間、長くて二日間程は我慢していたと思われる。

「お酒はいけないけど、落ち着く薬をあげるわ」

かわいそうだからといって、ここで酒を与えても意味がない。とりあえず抗不安薬で落ち着かせようと、アリスは手を天にかざした。

「そんな物いらない。酒だ。酒を……ううっ」

ジョシュアはルークに押さえられたまま、まだ酒樽に手を伸ばそうとする。その膝が唐突にがくんと折れた。

「あああっ、うう……」

思わず手を放したルークの足もとで、ジョシュアはうずくまる。

「どうしたの？　どこか痛いの？　ここ？」

アリスは召喚をやめ、ジョシュアに寄り添う。

「痛え！　やめろっ、触るな！」

「きゃあっ」

腹を触られたジョシュアが乱暴に腕を振り払い、拳がアリスの頬を直撃した。ぐらりと脳が揺れ、彼女は床に倒れ込む。

「叔父上っ……！」

ルークが怒りに震え、ジョシュアの首もとを掴む。

「うっ……。大丈夫よ。放してあげて」

頬を押さえ、アリスはすぐに立ち直る。

「鎮痛剤もいるみたいね。大丈夫、楽になるから……」

彼女が手を上げようとした刹那、ジョシュアは体を折り曲げて激しく咳き込んだ。

彼の口から、赤黒い塊が飛び出した。それは彼の服を、床を、容赦なく濡らす。

「吐血……！」

両手いっぱいくらいの血を吐いたジョシュアは、その場に倒れ込んだ。

「叔父上っ」

近づくルークを、アリスが手で制す。

「人を呼んで、ルーク。副長を医務室に運んですぐに処置をする」

「処置って、どうするんだ」

問われ、アリスは黙った。ここには指示を出してくれる医者がいない。

（どこからの出血だろう）

ジョシュアはアルコールにより、様々な臓器がダメージを受けていると思われる。

（胃か、食道か、可能性は低いけど肺か……吐血だけじゃわからない）

見よう見まねで処置をしようとしても、どこから出血しているかわからなければどうしようもない。

「とにかく、担架を！　早く！」

アリスに指示され、ルークは隊員を呼びにいった。

（画像の機械を召喚できるかしら？　いや、ダメだ。あれは放射線を使う）

レントゲンやCTを見れば、なにかわかるかもしれない。しかしそういった機械は巨大で、しかも放射線を使うので、この世界では扱いきれない。専用の部屋と機材、技師がいなければ危険だ。

（体の中が見えれば……）

横向きに寝かせたジョシュアの脇腹を、アリスはそっと触った。すると。

（えっ？）

彼女の脳裏に、人体の内部の映像が流れ込んできたのだ。驚いてジョシュアから視線をはずして自分の手を見ると、映像は途切れた。

「もしかして……これもおまけのスキル？」

アリスはもう一度、ジョシュアの体を見つめる。

（皮膚の下……腸がある。もっと上。あった、胃だ）

目をこらし、その中を見られるように集中する。するとまるで胃壁が透けているように、中の様子がだんだんと見えてきた。ジョシュアの胃はアルコールでただれ、ボコボコと小さいでき物がある。

（出血はしていない。じゃあ、食道？）

視線をジョシュアの喉に持っていき、アリスはひとりうなずいた。

（やっぱり。食道静脈瘤《しょくどうじょうみゃくりゅう》が破裂している）

食道にできていたこぶから出血しているのを見たアリスは、上から順にすべての臓器を透視していく。

（肝臓も膵臓《すいぞう》も弱ってる……アルコール依存症の教科書みたいな体じゃない）

こうなっていると、静脈瘤をどうにかするだけではなく、膵炎《すいえん》や肝硬変の治療をバランスよくやらなくてはならない。

（お腹が大きいのは、やっぱり腹水《ふくすい》がたまっていたからだったんだ。手足には脂肪がついていないから、そうじゃないかと思ってたのよね）

腹水は肝硬変が原因で出た滲出液《しんしゅつえき》が腹にたまったものだ。いつの間にかアリスの額も汗でぐっしょり濡れていた。

（私にできるかしら？）

自分は看護師でもなければドクターでもない。アルコールの禁断症状が出た者はいたが、ここまでひどい者は城に来てから初めて出会った。

「うわあ、副長！　血まみれじゃないっすか！」

突如乱暴に厨房のドアが開き、何人かの隊員がなだれ込んできた。担架に乗せられたジョシュアは、先に医務室に運ばれていく。

「いい気味だよ。お妃様の言うことを無視して好き勝手やっていたからさ」

うしろからそんな声が聞こえ、アリスは振り向いた。

「苦しんでいる人を前に、なにを言うの。おやめなさい」

凛とした表情で諌められた隊員は、秒で口をつぐんだ。

「私は今から処置に入るわ。ここの掃除をお願い」

「あ、はい……」

「頼むわね」

アリスは担架で運ばれたジョシュアを追いかけ、駆け出した。

前を向くには

医務室に運ばれたジョシュアは、一番奥のベッドに移乗された。

「みんな、出ていって」

大勢がマスクもキャップもないまま見ていては、この場が不潔になる。アリスはルーク以外の者は部屋の外に出るように指示し、仕切りのカーテンを閉めた。

「どうする？」

「見よう見まねだけど、静脈瘤の止血をしてみるわ。ワゴンを持ってきて、このカーテンで仕切られた内側全体を滅菌してくれる？」

「わかった」

ルークがワゴンを持って戻ると、カーテンの隙間から光が漏れていた。アリスが処置に必要な物品を召喚したのだと悟る。

彼がカーテンの中に入るなり、サージカルマスクが手渡された。すばやく装着し、部屋全体を魔法で滅菌する。

「私の手もとをずっと照らしていて」

「わかった」

彼女はワゴンの上に、ルークが見たこともないような器具を並べた。

「この内視鏡スコープを口から入れて、静脈瘤に硬化剤を注射するわ」

「……スコー……？　う、うむ。任せる」

「成功の保証はないわよ。私も初めてだから」

亜里は病棟看護師だったので、内視鏡手術のために患者を運んだことは腐るほどあるが、医師の手技を見学した回数は少ない。あとは教科書で手順を学んだくらいだ。

でも、ここには医師がいない。アリスがどうにかしなければならない。

「まず、起きて暴れないように鎮静剤を」

ジョシュアの腕に点滴針を刺す。亜里の記憶がアリスの手もとを躊躇《ちゅうちょ》なく動かしてくれる。

内視鏡スコープは外の画面に映像を映し出す役目もあるが、ここにはモニターがない。今回はあくまで、食道にある静脈瘤まで注射針を届ける目的のために使う。

そして注射した硬化剤が逆流してこないよう、スコープにつけたバルーンを膨らませて食道を塞ぐ。

アリスは透視スキルで体内の状態を見つつ、ジョシュアの口からスコープを慎重に挿入した。

彼の食道は、こぶだらけでごつごつとしている。今回出血を起こしたもの、今後出血を起こしそうなものすべてに硬化剤を注射し、血栓《けっせん》化させる。

ルークはアリスがどうやって患者の体内の状態をうかがい知ることができるのか、どうしてこんな方法を知っているのか質問したかった。が、彼女の邪魔をしないようにぐっとこらえる。

（さすがに、やったことがない処置をするのは、強気の亜里でも手が震える）

本来なら医師と助手とふたりでやる作業を、アリスはひとりで続行する。

静脈瘤にスコープが届いた。緊張しつつ、先端部分から慎重に出した針を刺す。さらに目を見開き、瘤の中まで針が届いたか確認し、硬化剤を注入した。

一度目を閉じたら集中が途切れてしまいそうで、彼女は瞬きすらためらった。

慎重に慎重に、同じことを複数の瘤に繰り返す。最後にゆっくりと、スコープを抜いた。

かかった時間は一時間ほどだったが、アリスにはもっと長い時間格闘していたように思えた。額から滴る汗を拭いていたら、くらりとめまいがして、その場にうずくまった。

「大丈夫か？」

「うん……ちょっと疲れたみたい」

召喚スキルを使った後での透視スキル一時間連続使用。加えて、慣れない内視鏡スコープの先につけた注射針の操作。疲れても無理はない。

処置は成功したと思われた。安堵したアリスから、深いため息が漏れた。

ジョシュアが吐血し、アリスが止血処置をしたという噂は、翌朝には城じゅうに広まっていた。

チーズオムレツを口に運びながら、若い隊員がほかの隊員に話しかける。

「うまいな～。お妃様が来てから、質素でもうまい物を食べられるようになって、俺は幸せだよ」

「本当だな。お妃様が来てくれてよかった。最初はどんなに冷たい女なのかと思ったが」

「見た目がクールビューティーだったからな」

和気あいあいとした朝食時間。若い隊員たちがほのぼのと会話を楽しむうしろから、低い声が聞こえた。

「なにがお妃様だ。あの女狐《めぎつね》、副長になにをしたのか、わかったものではない」

若い隊員たちが口を閉ざした。アリスを女狐と侮蔑するのは、ジョシュアの取り巻きだった。

「なんだよ。副長はお妃様に助けられたんだろ？」

「おい、やめとけ」

がたんと席を立った若い隊員を、仲間が止める。

「吐血して倒れたのは間違いないみたいだが、その後は誰も医務室に入れなかった。今も、俺たちは副長に会うことができない」

「あんたたちが副長に酒を届けようとするからじゃないか。今は禁酒が必要だって、お妃様が言ってた」

「酒を切らしてすぐ、副長はおかしくなった。今もあの女になにをされているか……もしかしたら毒薬を飲まされていたって、わからないじゃないか。自分に反抗する者を消す、いいチャンスだ」

アルコールの禁断症状というものをわかっていない取り巻きは、アリスのせいでジョシュアがおかしくなったと思い込んでいた。

もともとジョシュアはルークと仲が悪く、アリスの言うことも聞かなかった。つまりルークとアリスにとって、ジョシュアは目の上のたんこぶ。そんな男をアリスたちがすんなり助けるとは、取り巻きたちには思えないらしい。

「お妃様がそんなことするはずないだろ！　あの人は俺たちのために力を尽くしてくれているんだ！」

「バカは単純でいいな。そうやって女狐に飼い慣らされていろよ」

バカと言われた若者は、「むきーっ」と言葉にならない声を漏らし、勢いよく手を伸ばした。

しかしその手は取り巻きを殴るのではなく、彼の前に置いてあった皿を取り上げる。そしてその若者は、のっていた食事を一気に口の中に入れた。

「お前！　なにをする！」

もぐもぐと頬いっぱいに入った食べ物を咀嚼《そしゃく》しつつ、若者は反論する。

「だってお前ら、お妃様が嫌いなんだろ。今まで通り、硬いパンと干し肉しゃぶってろよ。うまいとこだけ持っていこうとして、恥ずかしくないのか老害！」

「なんだと！」

とうとう立ち上がった取り巻きと若者の、掴み合いのケンカが勃発した。いいぞ、やれやれと、あちこちからヤジが飛んでくる。

「副長なんか、死ねばよかったんだ。あの人が俺たちになにしてくれたよ。お妃様の方が、よっぽど俺たちのことを考えてくれているじゃないかっ」

若者が力に任せ、取り巻きをテーブルに押し倒す。食器が倒れる音が響いた。

「この小僧めっ」

別の取り巻きが立ち上がる。その手にはナイフが握られていた。

「やめろ！」

さらなる悲劇が起きる前に、その場を一喝する大音声が響く。男たちはピタリとケンカをやめ、声のした方を振り向く。

そこには力強く前を向くルークがいた。陽光を吸い込んだような金髪を揺らし、もめるふたりに歩み寄った。

「アリスを愚弄することは、俺が許さない」

ルークはもみ合っていたふたりの手を強く掴み、放させる。オッドアイに睨まれた取り巻きは怯み、指の跡ができた腕をさすった。

「それに、お前もだ」

自分はいっさい悪くないと思っていた若者もルークに見つめられ、きょとんと首をかしげる。

「彼女が手を尽くした患者に、『死ねばよかった』などと言わないでくれ」

しんと静まり返った食堂に、ルークの言葉が重く響いた。

「……ごめんなさい」

叱られた子供のようにうなだれた若者が謝る。ルークは端正な顔で微笑み、許しを与えるように彼の頭を優しくなでた。

その光景に、一部の隊員が胸を高鳴らせる。彼らは亜里が求めていた「萌え」を無意識に理解しようとしていた。


医務室では、ジョシュアがゆっくりと目を覚ますところだった。

昨夜処置の後で覚醒した彼は、問われるままに自分の名前を答え、また眠りについてしまったのだ。

「……う、ん……？」

取り囲む清潔なベッドやカーテンに見覚えがなく、彼は戸惑う。起き上がろうとしたとき、カーテンが揺れた。

「あ、ダメよ。腕を曲げないで。点滴がついてるから」

カーテンの内側に入ってきた女性が、ジョシュアには一瞬知らない女に見えた。見たこともない素材の服を着た、黒髪の二十代中頃の女性だ。

ジョシュアが瞬きをした次の瞬間には、彼女はプラチナブロンドとアイスブルーの瞳を持った、甥の妻に姿を変えていた。幻だったのかと、彼は瞬きを繰り返す。

ジョシュアにとって、冷たそうな見た目のいけ好かない小娘は、ワゴンにたらいをのせてきた。

「清拭《せいしき》……体拭きをするわ。そのままにしてて」

そう言うと、アリスはジョシュアの布団を剥いだ。彼が驚いているのも気にかけず、服のボタンに手が伸びる。

「ま、待て！　なにをする、この痴女っ」

さっさと服を脱がせていくアリスに、ジョシュアが暴言を吐いた。

「誰が痴女だっ、この飲んだくれ！」

くわっと目を見開き、アリスは低い声で怒鳴った。ジョシュアはまたまた驚き、あんぐりと口を開けた。

アリスは昨日から亜里の記憶に頼っていたので、思わず口調まで似てしまったのだ。

「あなたは血を吐いて倒れたの。覚えてない？」

「あ、ああ……そうなのか？」

「お金がなくて、お酒が切れたんでしょ。禁断症状で妄想と幻覚に支配されて、完全におかしくなってたわよ」

湯を張ったたらいにつかっていた布を取り出してしぼり、アリスはジョシュアの体を拭く。

「血液検査や検体検査ができないから、癌かどうかは診断できないけど」

「癌?」

聞き慣れない言葉を連発するアリスの方こそ、おかしくなっているのではないかとジョシュアは思う。

「えーっと……すっごい病気かどうかってこと。たぶん見た感じ、まだ癌にはなってないのよ。でもおそらく膵炎だし、肝臓も悪いし……とにかくお酒をやめて、ちゃんと薬を飲んで、しばらく療養して。じゃないとよくならないわよ」

ズボンまで脱がそうとするアリスの手を、ジョシュアは咄嗟に止めた。

「い、いい。そんなところは」

「あなたは患者よ。恥ずかしがることないわ」

「お前こそ、恥ずかしくはないのか⁉」

「こんなの、見慣れればただのモノと一緒よ。ぽろんとそこにあるだけ」

下着まで下ろされかけて、とうとうジョシュアは真っ赤な顔で上体を起こした。

「み、見慣れ……!? とにかくトイレに行く！」

「歩いていける？　お腹の痛みは？」

「少しある……が、問題ない！　後は自分でやるっ」

点滴があるので腕を曲げないこと、点滴台を忘れずに引きずっていくことを細かく命じられ、ジョシュアは医務室の隅にあるトイレに入った。

彼にとってみれば、とんでもない屈辱だった。このまま老人のように動けなくなり、毎回他人に下を拭かれるのは、絶対に嫌だった。

しかし、意識があるうちに下を拭かれるのは屈辱だが、病気が進めばそれもわからなくなってしまうだろう。

ジョシュアがトイレを済ませたら、アリスに手をしっかり洗うように指示された。

とにかく気に食わない小娘だ。

「しかし、療養とは……無理だな。酒はやめられん」

「どうして？」

「子供にはわからん」

ベッドに戻り、仰向けに寝転んだジョシュアをアリスは見下ろす。

「どうせ、左遷されて元奥さんに逃げられた憂さ晴らしに、飲まなきゃやっていられないんでしょ。もう九年よ。いつまで引きずってるの？」

「なっ……ルークのやつか。余計なことを……」

チッと舌打ちをし、ジョシュアはアリスに背を向ける。

「これもとある人に聞いたんだけど、行きつけの薬屋さんに痛み止めをもらっていたそうじゃない」

「薬屋⁉」

「前から痛かったの？　それとも、あの綺麗な奥さんに会いたかったの？」

ジョシュアの額に嫌な汗が流れた。取り巻きも一緒に行ったことがないのに、どうしてアリスが薬屋のことを知っているのか、見当もつかない。内心焦りまくったジョシュアだが、無言を貫いた。

「言わないってことは、あの人に会いにいっていたのね」

アリスが得意げに言うので、ジョシュアはまた舌打ちをした。

「体を治しなさいよ。元気になって、人生やり直しましょ。まっとうな人間じゃないと、誰も相手にしてくれないわよ」

「うるさいっ。もう放っておいてくれ」

背を向けたまま怒鳴ったジョシュアは、ギャアと悲鳴をあげた。アリスが彼の右耳をギュウと引っ張ったからだ。

「放っておかない。どんな人間だろうと、あなたは私の患者だもの」

アリスは手を放すと、さっさと清拭用の布で自分の指を拭いた。

耳を押さえたジョシュアが仰向けになって彼女を睨む。

「もういいんだ。俺はどうなったって。どうせまっとうになれるわけないんだ。死んだってかまわない」

喚くジョシュアを、アリスは冷たく見下ろした。

「そういう人に限ってね、またお酒を飲んで吐血すると怖くなって救急車を呼ぶのよ。それを何度も繰り返して、看護師に嫌な顔されるの」

「なんの話だ？」

「なんでもない。とにかく、本当は死にたくないんでしょ。あなたはただ、寂しさや虚無感から逃れたいだけよ」

ずばり言いあてられ、ジョシュアは反論もできなくなった。

「しかし……俺はだいぶ悪い状態なんだろ？」

「まあね。でも絶望的ではないわ、あなたの心がけ次第では」

「そうか。いや、もういいんだ。俺はルークのように若くない。もう出世は望めない。ただ……」

アリスは黙って彼の言葉の先を待った。

「こんな腹じゃなければ、少しは希望が持てたかもしれない」

限界まで腹水がたまった腹をなで、ジョシュアはなにかを思い出すようにまぶたを閉じる。

アリスはそのあきらめに満ちた顔と、カエルのような腹を交互に見つめた。

＊＊＊

アリスやルークが国境警備隊の改革に乗り出したことなどつゆ知らず、ソフィアは結婚式の準備を着々と進めていた。

魔法学校の寮から国王やアーロンが住む王城に引っ越し、アリスの部屋とは比べ物にならないくらい広い離宮をひとつあてがわれたソフィアは、自室の鏡に向かって笑っていた。彼女の周りには片づけきれないくらいの花嫁道具やドレスが並べられている。

「よかったねぇ、ソフィア。真面目にがんばってきたから、今の幸せがあるんだよー」

新品の豪華なドレスを体にあてて、クルクルとダンスを踊る。

「それにしても、あの毒女。今頃どうしているのかしら」

ソフィアは学校で嫌がらせをしてきたアリスを憎んでいた。

周りから見てもアーロンの気持ちがソフィアに向いているとわかるようになった、卒業前の一週間。彼女はどんな妨害をされても証拠に残せるように準備をしていた。

そして、アリスがソフィアを殺害する計画があることが彼女の耳に入ってきた。情報を漏らしたのは、アリスの取り巻きだった。

アリスをけしかけていたモブたちは、アーロンが王太子に、ソフィアが次期王太子妃になると睨み、アリスを裏切っていたのだ。

ソフィアは殺害未遂現場を押さえ、大勢の目撃者の証言も用意し、断罪したアリスを監獄へ送るはずだった。

しかしアリスは、態度を一変させ、殺害計画をなかったことにしてしまったのである。もちろん殺害計画の指示書などは見つからなかった。

冤罪《えんざい》の証拠をつくる暇もなく、舞踏会の日を迎えたソフィアは、満足していなかった。

「監獄に入ったあいつを笑ってやるのを、楽しみにしていたのに」

ソフィアはぴたりと足を止めた。

（突然改心したように人助けをし、国王陛下の関心を引くなんて、許せない）

強く握ってしわができたドレスを、彼女はベッドの上に放り投げた。

「まあいいわ。結局あのドブみたいな辺境の地にお嫁に行ったわけだし。今頃さぞかし苦労していることでしょう」

自分を慰めるように、鏡に話しかけるソフィア。彼女は自分が幸せになっただけですべてを許せるような女性ではなかった。

か弱く、優しく、鈍い女を演じていたソフィアを、アリスは亜里の記憶がよみがえる前から見抜いていた。見抜かれているという焦りが、ソフィアにアリスをますます嫌悪させる原因となった。

本当の自分を知っている者は、みんないなくなればいい。幸せになるなんてもってのほか。どす黒い思いを胸に、ソフィアは鏡の中の自分に笑いかける。

「苦労しすぎて、死ねばいいのに。ねっ」

今日もかわいい、私の笑顔。ソフィアはそう思った。

＊＊＊

昼食後、ふらふらと自室に戻ろうとするアリスを、ルークが呼び止めた。

「アリス、大丈夫か。ふらついてる」

肩に手を回して支えるルークに、アリスはこくんとうなずいた。

「大丈夫。寝不足なだけ。今から休ませてもらうわ」

アリスはジョシュアの看病で、昨夜は眠っていない。大きな目の下にクマができていた。

亜里は病棟勤務だったので夜勤もたびたびあり、しんどいながらも不規則な生活に慣れていた。しかし亜里と違ってアリスには、そこまでの体力がない。

「アリス、君が倒れないか心配だ。無理はしないでくれ」

ルークの眉間にしわが寄っていた。

「もちろんもちろん。今世はゆるゆる過ごすって決めているんだもの。無理なんてしないわ」

「今世？」

聞き返した声は、アリスに届かなかったようだ。彼女はもう、半分夢の中にいた。

「夕飯のときには起こしてちょうだい」

自室のドアを開けたアリスを、ルークはベッドのそばまで送っていく。

「そんなに短時間でいいのか」

「夜型になっちゃうよりはいいはずよ。じゃあね」

ベッドに潜り込むと、アリスはすぐにすうすうと寝息を立て始めた。ルークはその寝顔を、静かに見下ろす。

(不思議な女性だ……)

今まで見たこともないスキルを使い、不思議な道具を召喚するアリス。

なぜ医学を学んだわけでもない彼女がそのようなスキルを駆使することができるのか、ルークは不思議に思うようになった。

最初は、自分の役に立つ妻が欲しいだけだった。けれど今は、アリス自身に興味を持っている。

今まで他者に深い関心を持てなかったルークは、初めての感覚に戸惑っていた。

(アリスはこんなところに連れてきてはいけない人だったのかもしれない)

罪悪感に胸が軋む。

(俺が現れなければ、もっと幸せな生活ができただろうに)

少し冷たそうな印象を与えるプラチナブロンドに、アイスブルーの瞳。特殊スキルだけではなく美貌も兼ね備えた彼女は、自分にはもったいないように思えた。

だからといって、離縁して実家に帰してやる気持ちにはなれない。

(ごめんな。俺には君が必要なんだ)

ルークはそっと、無防備なアリスの白い頬に口づけた。

＊　＊　＊

翌日。体力を回復させたアリスは、ルークを伴って医務室に向かった。

「今度はなにをするんだ？」

ジョシュアはもともと体力があるので、すぐにトイレも体拭きも自分でできるようになり、点滴も抜けていた。

薬も自分で飲めるので、ルークにはこれ以上アリスが直接やらなければならないことがあるようには思えない。

「あのお腹をへこませるのよ」

と言って医務室のドアを開けると、ぷんと嫌なにおいが漂ってきた。アリスはつかつかと踵を鳴らしてにおいのもとに気づき、勢いよくカーテンを開ける。

「やっぱりあなたたち！」

においを発している犯人は、ジョシュアの取り巻きたちだった。彼らはアリスの命令に逆らい、ろくに水浴びも洗濯もしない不潔な体でジョシュアのベッドを囲んでいたのだ。

それればかりか、酒の瓶を手に持っている。栓は開いていないようだ。

「今飲んだら、この人死ぬわよ。あなたたちそれでもいいの？　副長に元気になってほしくないの⁉」

アリスの代わりに、ルークが酒瓶を奪った。

「だって、絶飲絶食なんてかわいそうじゃねえかよう。お前、悪魔だろ」

「それは処置したばかりだったからでしょ。今日の夜から消化にいい物なら食べてもいいわ。でもお酒はダメ。飲み物は水だけ！」

取り巻きたちはいっせいにアリスを睨む。普通の娘なら怖くて泣きだしてしまうほどの凶悪さだ。

「おいお前ら、やめとけ。妃が俺に悪意を持っているなら、今頃とっくに殺されてる」

寝たままのジョシュアが、取り巻きたちを制止した。まさか自分たちが叱られるとは思っていなかったのか、取り巻きたちはきょとんとジョシュアを見つめる。

いつの間にジョシュアの心を開いたのか。ルークも驚いた表情でアリスを見た。

「さあ、出ていって。今から大事な処置をするわ。ルーク、この人たちごと部屋を滅菌して」

「心得た」

ルークが手をかざし、青い光で取り巻きたちを包む。

「バイキン扱いしやがって。なにをやると言うんだ。副長に変なことをしたら承知しねえぞ」

取り巻きたちを無視し、アリスはすでに器具の召喚を始めていた。彼女の手に現れた物を見て、取り巻きたちはごくりと息をのむ。

「そ、そ、それ……」

十五センチほどの長い針が二本、キャップをかぶった状態でそこにあったのだ。

「なんだそれは！　それで副長を傷つけるつもりか！」

「そんなもので腹でも刺されたら死んでしまうじゃないかっ」

がなる取り巻きたちの横で、アリスは髪をバンダナで覆い、着々と準備を進める。

「刺すわよ。これで麻酔して、こっちで腹水を抜くの」

「腹水？」

「見ればわかるでしょ。お腹にたまっている悪い水を抜くの」

さっさとジョシュアの服をはだけさせ、体の下に布を敷くアリス。

「やめろっ。そんなことできるわけない。治療に見せかけて副長を殺す気だなっ」

頭に血が上った取り巻きのひとりが、アリスの器具を奪おうとする。ルークが咄嗟に手を出してかばおうとしたとき、雷のような大音声が医務室に響いた。

「やめねえかお前ら！　ここから出ていけ！」

怒鳴ったのはジョシュアだ。昨日吐血した病人とは思えないくらいの声だった。

「で、ですが副長」

「俺は腹の水を抜くことを承知する。結果、なにかあっても妃のことは恨むな」

ジョシュアはアリスと視線を合わせた。彼女はこくりとうなずく。取り巻きたちはしぶしぶ医務室の外に出ていった。

「じゃあ、やるわよ」

ルークはアリスが指さしたジョシュアの腹の上を滅菌しつつ、彼女の横顔を見つめた。もう癖になっているセリフが口を突いて出る。

「無理するなよ」

「今回はそれほど大変じゃないはず」

アリスは腹水を抜くため、腹腔穿刺《ふくくうせんし》をすることを昨日から決めていた。静脈瘤の処置と同じく、本来は看護師ではなく医師が行う処置だ。エコーでほかの内臓を傷つけぬよう確認して針を刺さなければならない。

ぐっと目に力を込めると、アリスの視界にジョシュアの内臓が透けて見えた。

（大丈夫。亜里は病棟で何度も医師の介助をしていたもの。この前の内視鏡よりは楽にできるはず）

とはいえ、一歩間違えば針でほかの臓器を傷つけてしまう恐れがある。取り巻きたちの心配はあながち的はずれとも言えない。

アリスは麻酔の注射をしてから、腹腔穿刺針を慎重に皮膚の中へ入れた。針に細いチューブをつなぎ、ベッドの下にある腹水バッグに腹水が落ちていくことを確認したら、処置終了だ。

「この水を抜けば腹がへこむのか」

仰向けで寝たまま、ジョシュアが問う。腹水は何時間もかけてゆっくり抜くので、動けるのはその後になる。

「一時的にね。でも病気が治るわけじゃないから。今まで通りの生活を続ければ、またすぐもと通りよ」

一度腹水を抜いても、臓器に与えるダメージが変わらなければ、またすぐ滲出液がたまる。冷たいとも思えるアリスの言葉に、逆にジョシュアは納得したようだった。

「悪い水が湧き出るのは、俺の体内が悪くなっているせいだってことか」

「この世界では、あなたの病気がどれだけ進んでいるかはわからない。生活改善でよくなるかもしれないし、ならないかもしれない」

「やれやれ。まるで先が見えないな」

ジョシュアはふうと息を吐き、天井を睨んだ。


一カ月後。薬屋の女主人は、息子と一緒に摘んできた薬草を仕分けしていた。

長時間の作業で首が痛くなってきたので、ゆっくり天井を見上げる。ふと窓の外に視線をやると、客の影がガラスの向こうに映っていた。

女主人は首を真っすぐにし、背を伸ばしてドアの方を向いた。

「……どうも」

「あ……っ！」

彼女は驚いて立ち上がった。ドアを開けて入ってきたのは、最近見なくなったと思っていた客だった。

「ツケを払いにきた」

彼――国境警備隊副長ジョシュアは、清潔な軍服をきちんと着こなしていた。前まではボタンを全部開けていたのにと、不思議に思った女主人は、視線を下ろす。と、彼の蛙のような腹がへこんでいるのに気づいた。

彼女がなにか言う前に、ジョシュアはカウンターにどすんと袋を置く。中は今までの薬代だ。

「それで足りているか、確認してくれ」

「ええ、すぐに。ありがとうございます」

彼女は帳簿を取り出し、中の紙幣を確認しつつ、久しぶりに会ったジョシュアをちらちらと盗み見る。

彼は以前よりずっと健康に見えた。髪を短く切りそろえ、ひげは綺麗にそられている。顔は血色を取り戻し、体は引き締まっていた。

「ぴったりです」

「そうか……」

一瞬の沈黙が落ちた。彼女は勇気を振り絞り、話しかける。

「最近はいらっしゃらないから、もしかしてお体になにかあったのではないかと、心配しておりました」

「ああ。あの腹だったから、苦しくて歩けなくなってな。王子の妃に叱られて、真面目に療養したんだ」

ジョシュアは事実をそのまま話しはしなかった。吐血したなどと言えば、引かれるかもしれないと思ったからだ。

「まあ、お妃様が。私はてっきり、素敵な奥方様でももらわれたのかと」

彼の酒浸りだった生活を整えてくれる誰かがいるのかもと思った彼女の言葉に、ジョシュアは盛大に咳き込んだ。

地域住民にとって目障りでしかなかった城の警備隊は、王子に嫁いできた妃の改革により、一般常識を取り戻しつつある。そのような噂を、女主人は思い出した。

「違う違う。そのようなことでは決してないんだ。俺はただ、あなたにちゃんとした格好でひと目会っておきたくて……」

「はい？」

女主人が目をぱちくりさせる。ジョシュアは口を押さえたが、覚悟を決めて深呼吸した。

「はっきり言おう。俺は親切なあなたに懸想《けそう》している。だから……自分を変えたいと思ったんだ」

そう思わせたのは、生意気な小娘——もとい、ルークの妃・アリスだった。

「もし迷惑でなければ……これからも、たまに寄っていいだろうか。私には、あなたの薬が一番効くような気がするんだ」

頬を赤く染めたジョシュアに見つめられ、女主人もまた赤くなる。

「ええ、もちろん。いつでも来てくださいな」

彼女はそっと、カウンターの上に置かれていたジョシュアの手に自らの細い手を重ねた。

「あなたが元気になってくださって、私はとてもうれしいです」

にこりと笑った女主人に、ジョシュアはますます赤くなってなにも言えなくなってしまった。

私の花壇を守って

国境警備隊は、今日もゆるゆると国境の警備に出かける。

とはいえ、ほぼ他国に攻め込まれる心配がない国境なので、巡察に割く人数は最小限に絞られていた。

ほかの者は、家畜の世話、掃除洗濯、炊事、市中見回りなど、様々な仕事をこなす。

「てめえら、それでも男か！」

雷鳴に似た怒号に驚いた家畜たちが騒ぎだす。厩舎の近くでは、集まった隊員たちが木刀を持って剣の鍛練をしていた。

ひいひいと悲鳴に近い息をする隊員たちをしごいているのは、副長・ジョシュアだ。

日々の仕事で運動量は足りているが、もし国境が脅かされたときに役に立たない警備隊では仕方ない。そう考えたアリスの要請で、ジョシュアが剣術を隊員に教えることになった。

最初はしぶしぶだったジョシュアも、剣を振るうちに昔の感覚を思い出しているようだ。

二カ月ほど前、彼は一念発起してアルコール依存を克服。アリスの言う通りの規則正しい生活と治療に専念した。

今では腹水がたまることもなく、禁断症状も出ない。痛みもなく、吐血もしていない。症状が落ち着いているどころか、すっかり元気になった。

ちなみにジョシュアの取り巻きたちも、彼の姿を見て自分たちもと、生活改善に取り組んでいる。

「こんなに短期間で、あれほど元気になるとは思わなかった」

隅でみんなの様子を見ていたルークが、同じく見学していたアリスに話しかける。

「恋の力が奇跡を起こしたのよ。私も彼がこんなに元気になるとは思わなかった」

ジョシュアが薬屋の女主人に恋をしており、彼女に元気な姿で会いたいがために治療に専念したことは、いつの間にか城じゅうの噂となっていた。

亜里がいた病棟では、アルコール依存を克服した患者はいなかった。みんな「もう酒はやめます」と約束しておいて、すぐ誘惑に負けて飲んでしまう。

結果、症状が悪化する者ばかりを見ていたので、ジョシュアのがんばりには素直に感動したアリスであった。

「殿下、こんなところでさぼらないでいただきたい。隊員たちに手本を見せてくれなければ」

噂をされているのに気づいたのか、ジョシュアが目をつり上げてルークに近づいてきた。

「まあまあ。少し休憩にしよう。みんなが死んでしまう」

ルークが声をかけると、若い隊員たちは「助かったー」と草の上にばたばたと倒れて休憩し始める。

「私、飲み物を配ってくるわ」

アリスはせっせと隊員たちに水を運ぶ。いっぺんに熱中症になられたら、またゆるゆる暮らせなくなるからだ。

「すっかり昔の叔父上に戻られて、俺はうれしいですよ。薬屋の美人にお礼をしたいくらいだ」

「突然なにを言う」

さらっと恥ずかしいことを言うルークに、ジョシュアは顔をしかめた。

ちなみにジョシュアと女主人の間は男女交際に発展したものの、同居や結婚までには至っていない。非番の日に一緒に薬草を摘みにいくなどして、顔に似合わずほのぼのと愛を育んでいるようだ。

「恋というものは、さぞかし素敵なものなんでしょうね」

「お、お前らだって。結婚してから妃とさぞかし親密になったんだろ。え？」

ほかの隊員に聞こえないよう、叔父と甥らしく、砕けた口調で会話をするふたり。

「いや、俺たちは……」

微《かす》かにルークの顔が曇った。彼とアリスは、いまだに一緒に眠ったことがない。それどころか、抱擁したことも、キスしたことすらないのだ。

「照れるなって。妃はアレも見慣れているって言ってたぞ」

「アレって？」

ジョシュアはこそこそと、アリスに体を拭かれそうになったときのことをルークに耳打ちした。

「あのときはたまげた。王子の妃ともあろう者が、男のアレを、『ぽろんとそこにあるだけ』のものって言ったからな。今思い出すと笑えるが」

思い出し笑いをこらえられず、ジョシュアが噴き出した。

「ははは……。ん？　どうした？」

ひとしきり笑った後、ジョシュアはルークがうつむいているのに気づいた。

「休憩は終わりだ。全員俺にかかってこい」

顔を上げたルークのオッドアイがキラリと凶暴に光る。

「え？　もう少し休ませてあげましょうよ」

アリスが泣きそうな隊員たちをかばう。

「俺に勝ったら今日の鍛練は終了にしてやる」

「そうこなくちゃな！」

ジョシュアだけが楽しそうに木刀を構えた。

「なにをしている！　全員立ち上がれ！」

「は、はいいっ」

隊員たちは代わる代わるルークに向かっていく。が、次々にルークの木刀にかわされ、押し返され、打倒され、草の上にゴロゴロと転がった。

「あなたって強いのねえ。でもみんなに怪我させないでよ」

隊員たちを気遣う気持ちもあるが、正直自分の仕事を増やされたくないと思うアリスだった。

「わかっている！」

と言いながら、ルークは気が済むまで剣を振るい続けた。結果、ジョシュア以外の者たちは、皆生まれたての小鹿のように、立っているだけで足がぷるぷる震えるほど、みっちりしごかれたのであった。

その日の午後、ルークのもとに一通の書簡が届いた。

「結婚式の招待状？」

珍しく台所に立っていたアリスは、額に浮かんだ汗をぬぐった。ちなみに彼女、亜里の世界で言う〝納豆〟を作れないかと実験している最中である。

栄養抜群の発酵食品である納豆がこっちでもできたら売れるかもしれない。売れたら、警備隊の収入が増える。

収入が増えたら、何人かはメイドを雇える。そうすれば自分があくせく働かなくても済むというぐうたらな算段である。

「ああ。アーロンの結婚式だ。ひと月後だと」

「ずいぶん早いわねえ」

王族の結婚式は、それこそ何カ月もかけて準備をするものだ。

「ソフィア嬢は無欲で、兄にあれこれ要求することもなく、ドレスもアーロンの母上のお下がりでいいと言うので、早く準備ができたとあるが」

ルークが手紙を読み上げる横で、アリスはハンと短く笑った。

「『無欲』ね。本当に無欲なら、第一王子に絞って婚活しないと思うけど。全部あの女の計算よ」

意地悪く言うアリスに、ルークは眉をしかめた。

「どうしてそうソフィア嬢を悪く言う。将来の国母となるかもしれない人だぞ」

「あーはいはい。気にしなくていいわ、忘れてちょうだい。個人的に合わないだけだから」

アリスは煮えた豆を藁にのせて両端を縛る。ルークは理解できないという表情で作業を見ていた。

「女性はみんな、裏の顔を持っているものなんだな」

ぼそっとつぶやいた言葉に、アリスはうなずいた。

「そうよ。みんな表の顔と裏の顔を使い分けているの」

格好つけて言っても、彼女が持っているのはお手製の納豆である。

亜里のときは、患者にもその家族にも笑顔で丁寧に接するスーパー看護師だったが、一歩仕事を離れればぐうたらなオタクだった。休みの日は別人のように動かなかったものだ。

「……じゃあ、君も……」

「いや、なんでもない」

ルークは納豆には触ろうとせず、背を向けた。

「結婚式には君も招待されている。そして警備隊も王城の警備を頼まれているから。ほぼ全員で王都に向かうぞ」

「ええー。私は留守番隊と一緒にここにいるわ」

仮病でも使えば問題なかろうとアリスは思った。

第一、ソフィアの結婚式など、心の底からどうだっていいのだ。むしろあのあざとい顔を見るたびうんざりする。

王城の警備はルークとジョシュアが取り仕切れば誰も文句は言わないだろう。

「ほかの妃のように、豪華な衣装を用意してやれないからか？　はみだし者の俺とじゃ、恥をかくからか？」

振り向いたルークが珍しく怒っているようだったので、アリスは戸惑った。

「違うわよ。ただ、面倒くさいのよ」

「新たな警備隊の姿を世間に見せるいいチャンスじゃないか。面倒くさいとはなんだ」

「あー、そう言われればそうね。わかった、行く。行けばいいんでしょ」

はっきり言って、今のルークも面倒くさい。適当に返事をすると、大きなため息が出てしまった。

(あーやだ。ソフィアの式になんて行きたくない。重症患者でもいたら、行かずに済んだのに)

幸か不幸か、今はアリスがつきっきりで看護しなくてはいけない病人も怪我人もいない。

もともと若くて体力があったせいか、初めの健康診断で医務室送りになった者たちはほぼ元気になって復帰した。性病を患っていた者も、投薬で落ち着いている。

豆を移す作業に戻ったアリスのしょんぼりとした背中に、ルークは苛立ちを覚えた。

彼女はルークの言うことを聞こうとしない。自らの考えで突き進んでしまう。

自分は夫として信用されていないのではないか。そう考えると、余計に苛立った。

ルークは黙って厨房を後にした。

その日から、王都の警備に出向くと知った警備隊員たちは、沸き立っていた。

「この前の舞踏会では、まるで汚い物を見るような目で見られたけど、今回はそうはいかないぞ!」

「生まれ変わった俺たちを世間に知らしめる日が来たな！」

健康になり、剣の腕を磨き、隊員たちに自信が芽生え始めていた。それはとてもいい兆候と思いつつ、アリスはしぶしぶ荷造りをしていた。

「ん～、やっぱり納豆って難しいわ～。納豆菌ってどうすれば発生するのかしら」

先日煮た豆は温度と湿度を保って発酵させた。しかし今日開けたら、カビが発生していた。やはり素人が新製品を開発するには、それなりの時間と根気が必要なようだ。

それはさておき、行くと言ったからには、結婚式に参加する準備をしなくてはならない。

「面倒くさいなあ。お祝いとかどうすればいいのか……」

とりあえず、社交用のドレスは嫁入りのときに両親が持たせてくれたものがある。問題は祝いの品をどうするかだ。亜里の世界では、式に出席する場合の結婚祝いといえば現金だった。しかしこちらではそうはいかない。

「薬屋さんに頼んでちょっと高価な薬草でも包もうっと。実用的でいいわよね」

この辺境の地にオシャレな物はなにもない。高級品を買うお金もないし、そもそもルークの贈り物にアーロンが期待しているとも思えない。

「……ちょっとかわいそうかも」

はっきり言って、ルークはほかの王子になめられている。なにも期待されないというのも、少し寂しいものだ。

（そういえば最近、ちょっとルークの様子がおかしかったような？）

アリスにも冷たいというか、突っかかるような態度を目にすることがあった。初対面の無愛想なルークに戻ってしまったようだ。

（なにか怒らせるようなことを言ったっけ？）

考えてみるが、なにも心あたりがない。

（アウェーな王都に行くと決まって、ルークもナーバスになっているのかも）

勝手に納得したアリスは、バンとスーツケースの蓋を閉めた。

数日後。

「じゃあ、戸締まりしっかりね。私がいなくても、お酒は一日一杯を守って。下着は毎日取り換えて、水浴びも……」

「あーあーわかっていますよお妃様！　俺たちだって不健康な体に戻りたくはありませんからね」

口うるさく旅立ち前の確認をするアリスに、留守番を命じられた隊員たちは笑った。

「だって、心配なんだもん」

つい何カ月か前まで、自堕落な生活を送っていた者たちだ。なにかのきっかけで不規則な生活に戻ると、取り戻すのが大変になる。

頬を膨らませたアリスの肩を、カールがつんつんとつついた。

「お妃様、そろそろ行きますぜ」

「またあなたのへたっぴな風の魔法？」

「はっはっは。そうです。へたっぴなりに今回は気をつけていきますよ」

大丈夫なのか。一抹の不安を抱き、アリスは歩きだす。

「じゃあね、みんな。私が帰るまで元気で！」

「お妃様も、お気をつけて！」

振り返って手を振るアリスに、隊員たちは笑顔で手を振り返した。

「野郎ども、すっかりお妃様になついてますな」

カールに案内された、一番大きな馬車に乗り込む。

と、そこにはすでに先客——ルークが座っていた。

「ど、どうも……」

ルークは無表情なままうなずいた。どうやら、まだご機嫌斜めらしい。

「いざ王都に出発！」

号令がかかり、馬車がふわりと浮いた。水の上をボートが行くように、するりと動きだす。カールは言葉通り、風の魔法を調整しているらしい。

（できるなら最初からやりなさいよ）

嫁入りのときより快適な車内で、アリスは腰にあてるクッションの位置を調整した。

（ルークが話したくないのなら、それでいい。原因がわからないから対策しようがないし、下手なこと言ってますます悪化したら、面倒くさいもん。ちょっと寝かせてもらおう）

ナーバスになっているルークの気持ちをなんとかしようとは、アリスは思わなかった。勝手に回復してくれるのを待つだけ。

アリスは亜里として生きていた頃から、そういうやり取りが苦手なのだ。誰かのご機嫌を取るとか、話術やコミュニケーション能力のいる仕事は嫌いだった。

死ぬ数時間前にも、認知症患者に食事をとらせられずに苦戦していたことを思い出した。

座布団とクッションの位置を確定させ、もうひとつクッションを抱いて、早くも寝る体勢になるアリス。

「……で、結局ドレスはあるのか」

思いがけず、ルークの方から口を開く。

「花嫁道具の中にあったわ。シンプルだけど、変ではないと思う」

「そうか」

短い返事で、車内は沈黙を取り戻した。

妃がみすぼらしい格好をしていては、王子も恥をかくので、気にしていたのであろう。アリスは苛立ちに耐えかね、とうとう口を開いた。

「あのねえ、お金がないのは仕方ないでしょ。国が補助金くれないんだもん。名産品もないから税収も少ないし。そんなこと今さらどうにもならないわ」

「え？」

「あなたは王都に行って恥をかくのが嫌なんでしょ。だからこの数日ナーバスになってるんだわ」

王都に出向くたび、うしろ指をさされることをわかっているから、機嫌が悪いのだろう。そう思い込んだアリスは、ビシッとルークを指さした。

「……そうやって、なんでも決めつけてかかるのは君の悪いところだ」

「ええ？　じゃあなによ。ハッキリ言いなさいよ」

カチンときた短気なアリスは、やはり相手の機嫌をとるということができない。ケンカ腰な彼女と違い、ルークは以前よりも落ち着いた態度で返事をした。

「よし、ハッキリ言おう。君は俺に嫁ぐ前に、好きな男がいたんだろう？」

「はい？」

あまりに予想外の発言だったので、アリスはクッションを抱いてポカンと口を開けてしまった。

「叔父上が言っていたんだ。彼の体を拭くとき、君は少しも恥じらわなかったと」

「そりゃあ、体を拭くのは看護だもの。副長の体に欲情するわけでもなし」

「じゃあ、男のアレを見慣れているとはどういうことだ？　俺とは一度もそういうことがない。じゃあ、結婚前に恋人がいたということだろう？」

「はあああ？」

アリスはジョシュアと交わした会話を懸命に思い出す。あのとき彼は体を拭かれるのを嫌がったから、面倒くさくて、それで……。

「ああ！　そういえばそう言ったわね！　だって、見慣れてるんだもん！」

あはははとアリスは笑った。

「君という人は――。なにがおかしい」

「だって、あなたそんなこと気にしてたの？」

呼吸を整え、アリスはルークに向き直った。

「私ね、前世の記憶があるの」

「前世？」

「そう。私は前世で看護師だった。ここよりもっと文明が進んだ世界で、朝から晩まで患者さんの看護をしていたの」

亜里の世界では、アリスの世界はゲームの中にあった。そこまで言わずとも、ルークを混乱させるには十分らしい。

「ということは前世が未来で……？　未来から過去に転生とかありえるのか？」

「時間軸は関係なくて、まったく別の宇宙から生まれ変わったと思った方がいいわ」

「ううむ……」

輪廻転生自体、この世界ではメジャーな思想ではないので、ルークには理解が難しい。が、それが真実である以上、そう説明するしかなかった。

「だからね、看護師は寝たきりの患者さんのお世話もするわけよ。だから若い人のはほぼ見たことないな」

「ということは、君は前世でも恋人がいなかったと」

「うるさいわね」

看護師としての亜里は充実していたが、プライベートはからっきしだった。

いや、リアルな男性と縁がなかっただけで、オタ活は充実していたし、楽しかった。実物の若い男性のものは見たことがないが、同人誌ではたっぷり見た。知識だけは豊富だ。

「だから、異世界の医術を知っていて、不思議な物品を召喚できるのか」

「そう。だけど過度に期待しないでね。私は医師じゃないから、外科手術とか無理だから。今だって経験をもとにした手探り状態よ。私ができることには限界がある」

アリスはジョシュアの処置や治療がうまくいったことは奇跡であり、自分が万能ではないことを丁寧に説明した。

「わかった」

うなずいたルークは、安堵の表情を浮かべた。

「叔父上が誤解させるようなことを言うから。もしや、君は前に恋人がいたのではないかと……」

「ふしだらな娘をもらってしまったと思って悩んだのね」

「いや、そうじゃない」

ルークは微かに頬を染め、ぼそりとつぶやいた。

「勝手に想像した君の元恋人に、嫉妬しておかしくなりそうだった」

よほど恥ずかしいのか、彼は右手で自分の顔を覆った。

「まあ」

だからつっかかってきたりしたのか。アリスはやっと納得した。

いつまでも顔を上げないルークを見ていたら、彼女の胸の奥に泡が弾けるような感覚が芽生えた。

「嫉妬ってことは、あなたは私が好きなのね?」

膝を叩くと、ルークは顔を隠したままこくりとうなずいた。生まれて初めてのむずがゆい感覚に、アリスはうれしくなる。

前世でも知らなかった、誰かに愛されるという喜び。ルークとは結婚してからも友達のようで、それはそれでよかったのだけど。

「うれしい」

「え?」

「嫉妬してもらうなんて、初めてなの。うれしいわ」

顔を上げたルークは、息を整えて言った。

「君は綺麗だし」

「はい」

「頭もいいし、行動力はあるし。俺の魔法を、認めてくれた」

「うんうん」

「好きにならない方が、どうかしている……」

　飾らない彼の言葉に、アリスの頬も胸も熱くなっていった。

「ありがとう。私も、あなたが好きよ」

　言い終わるか終わらないかのうちに、ルークが立ち上がってアリスを抱きしめた。

狭い空間がぐらぐら揺れ、アリスも思いきりルークにしがみつく。

「副長、隊長の馬車が揺れてませんか？」

　後方の馬に乗った部下が心配すると、隣にいたジョシュアが親指を立てて応えた。

「ああ……あいつらはお盛んだからな！」

　若い隊員の頬が、ポッと赤くなった。

　まだなにもしていないのに、ジョシュアのせいであらぬ誤解を受けていることを、新婚夫婦は知らなかった。

結婚式当日の王都は、近年まれに見る賑やかさに彩られていた。

「ほわ〜……」

前日に到着したアリスは、花で飾られた城下を見てため息を漏らす。

辺境の地とはケタ違いの活気。市民も生き生きと働き、王子の結婚を祝うケーキや花がそこかしこで売られている。頭に花輪をつけた子供が広場を走り回り、踊り子が舞う。

「すごいわねえ。あ、先に言っておくけどうらやましいわけじゃないから」

「先回りのフォローは余計に心苦しいぞ」

質素を絵に描いたようなルークたちの結婚式とは、規模や華やかさなど、なにもかもが違う。

ルークが落ち込まないようにフォローしたつもりだったが、無駄だったらしい。

ちなみに王城の敷地内に泊まることを許されたのはルークとアリスのみで、警備隊は馬車と共に外で夜を明かした。

暖かい季節とはいえ、ひどい話だ。しかしながらこれまでの扱いを考えると、食事が出されただけ、まだよかったと言えるのかもしれない。

ルークたちにあてがわれたのは、城の敷地内の隅にある離宮だった。ここから本城まで歩かなければならない。三十分はかかるだろう。

侍女もおらず、ひとりでドレスを着たアリスは、よっこらしょと立ち上がった。慣れないハイヒールで歩くアリスに、ルークが腕を取るよう差し出した。アリスは微笑み、腕を絡ませた。

本城に近づくたび、楽隊の音色が大きくなっていく。噴水がある庭園は、結婚式仕様に派手な花が一面に植えられていた。

「綺麗ねえ。うちには野菜ばっかりだもの、余裕ができたら花も植えたいわ」

結婚式会場となる大広間の前室に入ろうとしたアリスはよそ見をしていて、足をすべらせた。ツルツルの床に慣れていないのだ。

「きゃあっ」

「アリス！」

体勢を崩したアリスに、ルークがすかさず手を伸ばし、支える。

「た、助かったわ。ありがとう」

しがみつくようにして見上げたアリスを、ルークは少し頬を染めて見返した。

「……言い忘れていた」

「ん？」

「今日は特別綺麗だ」

オッドアイに見つめられ、アリスの頬にも朱が走る。

自分の想いが一方通行ではないと知り、自信ができたのだろうか。ルークは今まで出さなかったような甘い言葉を吐く。

動きにくい肩が出たドレス、耳や首を飾る宝石。どれもシンプルなものではあるが、アリスを引き立てていた。

「でも俺は、姉《あね》さんかぶりとブーツで走り回るアリスが一番好きだ」

〝姉さんかぶり〟とは、アリスが髪をバンダナで隠すときにルークに教えた、亜里の言葉である。

「嘘。えっと……あ、ありがと……」

前世から恋愛経験のないアリスは、突然甘くなったルークにどうリアクションしていいのかわからず照れ笑いした。

クスクスと笑い合うふたりのうしろから、カツカツと高い靴音が聞こえた。振り返ったアリスはハッと息をのむ。

そこには、純白のウエディングドレスに身を包んだソフィアが自分を睨んで立っていた。

「どいてくださる？」

邪魔だと言わんばかりの口ぶりに、ルークもいつもの無表情に戻った。

アーロンの母、つまり現王妃から継承したというドレスはたっぷりとレースやリボン、真珠があしらわれた豪華なものだった。どっちかというと日本人的なソフィアの顔には合わないとアリスは思ったが、もちろん口には出さない。

日本人向けのゲームの主人公であるソフィアは、栗色のボブヘア、茶色の瞳、高すぎない鼻と、日本人が感情移入しやすい顔をしているのだ。

「申し訳ない。このたびは、おめでとうございます」

ルークがアリスを守るように前に出て会釈する。

ソフィアもお辞儀をした。第一王子の妃としてふさわしいよう、訓練された動きだった。

「お前たち、こんなところでなにをしているんだ。王族は前室で待機だろ。もう始まるぞ」

後からやって来たアーロンが、あきれた顔でルークたちを見下ろす。

「アーロン様、おふたりは長旅でしたから、お疲れなのでしょう。多少の遅れは見逃して差し上げて」

アリスを睨んだのとは別人のように柔和な表情で、ソフィアはアーロンを見上げた。

「お前は優しいな、ソフィア。そして誰より美しい」

アーロンはアリスの方をちらっと見て、あざ笑うように息を漏らした。妃に質素な装いしかさせられないルークを嗤《わら》ったのだろう。

「あ、でもルーク殿下はこちらにいてよろしいんですの？」

たった今なにかに気づいたそぶりで、ソフィアが首をかしげる。

「ん？」

「ルーク殿下の国境警備隊は、警備をするためにおいでくださったんですよね。どちらの警備をなさるか、もうお命じになって？」

「ああそうか。忘れていた」

主要な箇所の警備は、とっくに配置されているはずだ。やる気満々で来た国境警備隊は、城の敷地にも入ることが許されていない。

（最初から、私たちに仕事をさせる気なんてなかったんだわ）

アリスは怒りを抑えるため、拳を握りしめる。飾り気のない爪が手のひらに食い込んで、痕をつけた。

「そうだな……ソフィアはどこが彼らに適任だと思う？」

「ええとぉ」

無駄に人さし指をこめかみにあてたソフィアが、一瞬、にいっと口の端を上げたのを、アリスは見逃さなかった。

「そうだ！　私の大切な花壇を守っていただきたいわ！」

ソフィアの言葉に、ふたりは耳を疑った。

「花壇とは」

短く聞き返すルークに、ソフィアは屈託のない笑顔で答える。

「今日おふたりが通っていらしたでしょ？　絨毯みたいにたくさんのお花が咲いていた特製花壇です。アーロン様が私のために、私の好きなお花を植えてくださったの」

「あの花壇を？　さすがにそれは彼らに失礼だろう」

アーロンに言われ、ソフィアはしゅんとしなだれる。

「あ……そうですね。ごめんなさい。でもあの花壇は私の宝物なの。誰かに荒らされたら悲しいわ……」

誰が城の花壇を荒らすと言うのだろう。拳だけでは足らず、アリスは奥歯を噛みしめて怒りに耐える。

「そうか、仕方ない。ルーク、ソフィアの希望を聞いてはくれまいか」

尊大な態度で、ルークに命じるアーロン。こいつが推しでなくてよかったと、アリスは思った。

「御意」

ルークは短く返事をし、マントを翻す。

「ルーク！」

アリスは咄嗟にマントの端を掴んで彼を止めた。振り返ったルークは、無表情でアリスを見返した。

「俺は隊に指示を出さなければならない。式には君だけ参列してくれ」

「私も行くわ。軍服を着て、みんなと一緒にいる」

これだけバカにされて、黙って参列できるものか。ムキになって大声をあげるアリスの肩を、ルークが優しく叩いた。

「君にはドレスの方が似合う。おふたりのご様子を、後で俺たちに伝えてくれ」

冷静な目で見つめられたアリスは、ぐっと唇を噛んだ。どんなにバカにされても、お互いにやるべきことをやろうと、彼は言っているのだ。

彼はバカらしい命令に荒れ狂うであろう警備隊をなだめつつ、形だけの警備をしなくてはならない。一方、アリスは彼の代理として、王子の結婚式に参列し、祝福をせねばならないのだ。

「……わかったわ。また、後でね」

アリスがマントから手を放すと、ルークは颯爽《さっそう》とその場を去っていった。

「では、私たちも行こうか。時間だ」

肩を落とすアリスの横を、アーロンとソフィアが通り過ぎていく。

「かわいそうな人」

ソフィアがくすりと笑いながら、小声でつぶやいた。アリスはうつむけていた顔を上げ、声を張り上げた。

「殿下、妃殿下、おめでとうございます！」

驚いたアーロンがアリスの方を振り向いた。

「私も結婚して本当によかったと思っています。許可をくださった国王陛下には感謝しかありません。おふたりも、どうか末永くお幸せに！」

渾身《こんしん》のつくり笑顔を性格の悪いふたりに放出すると、アリスは踵を返し、前室のドアを開けた。

勢いよくバタンと閉まったドアを見て、アーロンは言った。

「貧乏王子に嫁がされた女の負け惜しみかな」

ソフィアは眉を下げ、彼に答える。

「そんなことを言ってはおかわいそうです。そっとしておいてあげましょう」

「やはりお前は優しいな」

ははと笑った能天気なアーロンのうしろについていきながら、ソフィアは小さく舌打ちした。

どうしてよ。顔だけの貧乏王子と幸せそうにしやがって、あの女。王子とはもっと険悪な雰囲気で……いや、辺境の地で絶望に打ちひしがれて自害でもしていればよかったのに――ソフィアは心中穏やかではいられなかった。

腕を絡ませ、幸せそうに笑うふたりを思い出すと、ソフィアは叫び出しそうになる。

ダメなのだ。アリスが自分と同等に幸せではいけないのだ。魔法学校卒業生の中で、自分が一番幸せでなければならないのだ。

ソフィアは深呼吸をして心を落ち着かせようと心の中でつぶやいた――まあいいわ。今日で、どれだけ自分が惨めか思い知るでしょう。絶望しなさい、アリス。

そんなどす黒い思いを渦巻かせる彼女を振り返って見ても、アーロンは「緊張しているのかな？　かわいいなあ」としか思わなかった。

心の叫び

結婚式の最中、アリスはひたすらボーッとしていた。真剣に祝う気など、毛頭なかった。

大広間は招待された王族や貴族であふれ返っており、むっとした熱気に包まれている。冷房が欲しいくらいだ。

（誰も熱中症にならないといいけど……）

扇で首もとをあおぎながら、退屈な式に耐えた。よく周りを見れば、同じように退屈そうにしている者が何人かいた
「お妃様のドレス、似合ってなくない？」

「しっ。首が飛ぶわよっ」

アリスの隣に座った貴族の姉妹らしきふたりが、コソコソと話している。

（激しく同意だわ。庶民から王子の妃になるのは大変ね）

そう思うアリスも前世では、シンデレラストーリーに憧れていた。例えば、イケメンの敏腕外科医に突然、結婚を申し込まれるとか。

しかし今、ハリボテみたいなドレスを着せられたソフィアを見ると、怒りよりも哀れみが湧いてくる。

(あの子はこれから幸せになれるのかしら)

アリスは最初、ルークとの結婚に不満ばかりだった。あっさり終わった神父と隊員しかいない結婚式も、メイドがいないことも。でも、面と向かって「かわいそう」と言われてハッキリわかった。

(私は案外、今の生活に満足していたのね)

ルークや警備隊を侮辱されて、あんなに怒りが湧くとは思わなかった。アリスにとって彼らは、手をかけて育てた我が子のようなものだ。

亜里の記憶を覚醒させたばかりの頃は、二度と看護師はやりたくないと思っていた。誰の看護もしたくないと。毎日自分の好きなことだけをして、そうじゃないことは誰かにやってもらって、楽な暮らしをしたかった。

結局、せっかく転生したのに、へっぽこ神様のせいで、いばらの道を進むことになってしまった。

しかし、いざ進んでみて気づいたのだ。誰かに必要とされていることがうれしい。きっと前世でも、亜里を必要としてくれた人はいたのだと。

自分を使い捨ての看護師と蔑んでいたけど、感謝してくれた患者さんもいた。一緒に働く仲間もいた。離れていたけど、家族もいた。

しかし、もうあの人生はやり直せない。

(今世ではもっと、幸せにならなくちゃ)

式が続く中、アリスはあれこれと思いを巡らせていた。広間中に反響するパイプオルガンの音で昼寝もできないけれど、アリスはそっとまぶたを閉じた。

花壇の前にぼんやり立ち尽くす警備隊を思うと、涙が出そうになった。

式が終わると、隣の広間で食事会が催された。食事会は立食形式で、決まった席はない。

中座し、ルークのもとへ行こうかとアリスは考えていたが。

「ああ、おいしい……！」

隊員の健康のため、自分も粗食しか食べていないアリスは、宮廷料理人が腕を振るった料理を堪能していた。

何種類ものオシャレな前菜、味わい深いソースがかかった肉や魚のメインディッシュ、そして普段は絶対に食べない甘いデザート。彼女は人目もはばからず、それらを次々に口に運んだ。

(つまらない式を我慢した甲斐があったわ。警備隊のみんなには申し訳ないけど)

衣装チェンジした主役ふたりに見向きもせず、アリスは幸せなときを過ごす。

アルコールは飲まず、料理を堪能するアリスを、ソフィアは主役の席からじっと見ていた。

主役はろくに食べることもできず、次々に現れる王族や貴族と挨拶を交わし、笑顔を振りまかねばならない。

「妃殿下のご親戚は？」

「しっ。あの人庶民の出でしょ。ご両親には領地と爵位が与えられたみたいだけど、それ以外の親戚は来られないわよ」

ソフィアがアーロンに選ばれたことに疑問を抱いている者は、アリス以外にもいるようだ。令嬢たちのそういった悪口は、アリスには負け犬の遠ぼえにしか聞こえない。

(前は私が率先してああいうことをしてたのよね。恥ずかしいわ)

世間話に巻き込まれないよう、ひたすら食べていると、アリスはふと壁際でひとりきりでいる令嬢に気づいた。

ミントグリーンのドレスを着た彼女は、小さなバッグから取り出したなにかをつまみ、口に入れた。と思えば、ろくに噛まずに酒と一緒に飲み込む。

（変な人。家からお菓子でも持ってきたのかしら。出された料理を食べればいいのに。アレルギーがあるとか？）

気になったのでカップケーキを食べながら見ていると、令嬢は次から次に粒状のなにかを口に入れる。

（なんだろう。豆？　それとも砂糖菓子？）

異様な光景なのに、誰もなんとも言わない。周りは酒に酔い、舞台で催される踊りや歌、手品に夢中だ。

（もう二十粒はいきそう。なんだか顔色が悪いわ）

気になりすぎて、カップケーキの味がわからなくなってきた。アリスは食べかけのそれを持ったまま、話しかけてみようと令嬢に近づく。

「ねえ、あなた」

声をかけた瞬間、令嬢の体がぐらりと傾いた。

「わっ」

アリスは夢中で手を伸ばし、彼女が床に頭を打ちつけないように支えた。

「どうしたの？」

舞踏会で過呼吸になった令嬢のことを思い出す。そっと床に横にさせると、彼女が持っていたバッグから、ころりとなにかが転がり出た。

「まさか……！」

転がった小さな小瓶の中に、ひと粒だけ錠剤が残っていた。瓶を拾い上げると、ラベルに『風邪薬』と書いてある。

「どうしました」

声をかけられ、アリスは顔を上げた。そこには亜里の推しの第二王子ラズロがいた。心配そうにふたりを覗き込んでいる。

「おそらく、オーバードーズかと」

「オーバードーズ？」

「薬の飲みすぎです」

推しの登場にはしゃぐ暇もない。気づけば周りに人だかりができていた。楽隊も演奏をやめ、現場は騒然となる。

（私が見ていただけで二十錠は飲んでいた。その前にどれくらい飲んでいたかわからない）

大丈夫かと問おうとした瞬間、真っ青な顔をした令嬢が突然嘔吐した。

「げっ」

「まあ、汚い」

床が汚れ、人々が離れていく。女性たちは扇で目を覆った。

「侍医を呼ぼう。待っていてくれ」

さすが亜里の推し、ラズロは冷静だった。

「いいえ、私が処置します」

アリスはすぐさま腕を真っすぐに上に伸ばした。召喚した手袋をはめ、ハンカチで口もとを、ナプキンで髪を覆った。

「吸引器！」

アリスが叫ぶと、白い手の中にこの世界にはない機械と透明の管が現れ、人々のざわめきが大きくなる。

「何事かと思ったら、またあの召喚娘か。あれはルークがもらった娘だったな」

騒ぎを遠くの席から望遠鏡で見ていたのは国王だった。

「ええ」

「ルークは？　なぜ一緒にいない？」

国王に問われたアーロンは口をつぐんだ。王城での式典には、必ず王家の者は全員参列しなければならない。花壇の警備を命じるなど、アーロンがルークをのけ者にしたことはあきらか。この事実を国王が知れば、お叱りを受けるに違いないので、素直に言うことはできなかった。

「大丈夫ですか？　苦しいよね。ちょっと我慢してね」

アリスは意識朦朧《もうろう》としている令嬢の口を横に向けさせたまま、吸引チューブを奥まで挿入した。

令嬢が苦悶の表情をするが、アリスはかまわず、小型の電池式吸引器のスイッチを押した。口の中に残っていた吐物が吸い込まれていく。

床に膝を突いて慎重に吸引するアリスに、ラズロが問う。

「口を上に向けたらやりやすいんじゃないか？」

推しの質問だったので、アリスは簡潔に説明した。

「それだと、吐いた物を誤嚥《ごえん》して肺炎になってしまう可能性があります」

「なるほど」

それきり、彼は邪魔をしないようにと思っているのか、いっさい話さなくなった。

吸引を終えると、アリスは再び天井に手をかざす。

「胃管とキシロカインゼリー、あと諸々！」

吸引チューブよりひと回り太い管が、アリスの手に現れた。

「殿下、清潔なお水を大きな桶で用意していただけますか」

「よしわかった」

こくりとうなずいたラズロは、すぐに人を呼び寄せ、桶を用意させた。

「俺は水の魔法が使える。いくらでも使え」

ラズロがささやき、桶の上で手のひらを揺らす。すると、空の桶の中に水が湧き、たちまち満杯になった。

「ありがとうございます！」

お礼を言ったアリスは、一度上を向かせた令嬢の鼻と胃管の先に麻酔効果のあるゼリーを塗る。右の鼻の中に管を挿入すると、周りから「うえっ」という声が聞こえた。見ているだけで痛いのなら、見なければいい。アリスは外野をいっさい無視し、胃管を挿入することに集中していた。すると。

「おい、城の外でやってくれないか」

うしろから声がした。先ほど聞いたアーロンの声だとアリスが気づくのに、時間はかからなかった。

「国王陛下の御前だぞ。床を片づけねばならない。その娘を連れて敷地の外に出ろ」

床なんてどうでもいい。においが気になるなら鼻を塞いでいればいい。

アリスは処置に集中していて聞こえていないフリをする。胃管を挿入し終えた鼻を、医療用テープで固定した。

「なんてことなの。私たちの結婚式の思い出がこんなふうに汚されてしまうなんて」

カンに障る甘ったるい声に、アリスは思わず振り向いた。そこではソフィアが、丹念につくった困り顔で立っていた。

「おおソフィア。かわいそうな花嫁。おい、早く運び出せ！」

そうだそうだと、周りが煽りだす。

すっかり悪者にされた令嬢。そしてアリスに、王子の親衛隊が手を伸ばす。

「やめろ。彼女の邪魔をするな」

かばってくれたのは、ラズロだった。意外な展開に親衛隊は戸惑い、手を出せなくなった。

アリスは処置をする手を止め、真っすぐにソフィアを視線で射ぬいた。

「この薬の成分がわからない限り、早く処置しなくては。時間が経つと、重篤な状態になってしまうかもしれない」

「彼女、わざと薬を飲んだのね。式を台無しにしようとして。ひどいわ」

かわいそうな花嫁を演じ、しくしくと泣きまねをし始めたソフィアに、アリスは決然と言った。

「ご冗談はおやめください。まさか、未来の国母になるかもしれないお方が、国民の命よりご自分の式典の方が大事だとはおっしゃいませんよね？」

ソフィアの嘘泣きがピタリとやんだ。代わりに周囲がざわめき始める。

(本性を現したわね)

顔を覆っていた手をゆっくり離したソフィアは、暗い目でアリスを睨んでいた。もちろん、アーロンからは見られない位置で。

「このような場所で薬を飲まねばならぬくらい、彼女は追いつめられていたのでしょう。国民の痛みに寄り添ってこその妃殿下ではございませんか」

「くっ……」

おそらく、令嬢はアーロンに恋心を抱いていたのだろう。よく思い出せば、魔法学校で見た覚えがある顔だ。あるいは、両親にアーロンの妃になるよう、重圧をかけられていた可能性もある。

あてつけのように祝いの席でオーバードーズするのはどうかとアリスも思うが、ソフィアに対するざまあ展開に利用しない手はない。

そして、どんなに常識がなかろうと、彼女はもうアリスの患者なのだ。

「その通りだ。この令嬢にもしなにかあったら、兄上は責任が取れるのか」

ラズロが加勢する。アーロンはぐっと喉を詰まらせるような音を出した。

「が、学校で私をいじめた人が、よくもまあ……」

わなわなと唇を震わせたソフィアがうなる。

「あなただって、私の靴に画びょうを入れたでしょう？　被害者面して、実は裏でいろいろと陰険なことをしていたのを、私は知っていますからね」

だんだんと子供のケンカのようになりそうだったので、アリスは処置に戻ることにした。後はラズロに任せておこう。

「誰か、手を貸して」

声をかけると、今まで汚い物を見るような態度だった貴族の何人かが手を上げた。

彼らに令嬢を壁際のソファに寝かせてもらい、横を向かせた体勢のまま転がらないように指示する。

「そのまま支えておいてね」

アリスは胃管を高い位置で持ち、注射筒で水を注入した。

「空の桶を」

管を令嬢の顔より下に向けると、胃の内容物が桶の中に排出される。まだ溶けきっていない薬がその中に浮いていた。

出てくるものが透明になるまで繰り返し、胃の洗浄が終わった。

「コップに綺麗な水を」

メイドが持ってきた空のコップに、ラズロが魔法で水を入れた。アリスは召喚した黒い粉と白い粉を水に混ぜる。

「それは？」

ラズロが尋ねてきた。どうやらアーロンとソフィアはなにも言い返せず、じっと事の成り行きをうかがっているらしい。その証拠に、彼らはさっきより患者に近づいてきていた。

（失敗したらいいと思っているんでしょ。おあいにくさま。すぐに処置すれば、オーバードーズで死ぬことはそうそうないんだから）

亜里は何度も大量服薬をした患者を見たことがある。そのほとんどが自殺企図した者だった。

胃の中を洗浄すれば、ほとんどが次の日には退院できるくらいに回復する。

「これは活性炭と下剤です。残った薬を吸収し、腸へと排出させるのです」

注射筒で黒い水を流し終えたら処置は終了。アリスはすばやく胃管を引き抜き……。

「あっ」

布を患者の鼻にあてるのを忘れていたせいで、抜けた胃管の先が勢いよく跳ね上がった。

黒い水が飛び散り、アリスのドレスにシミをつくる。

「わ〜！　初歩的ミス！」

たった一着のよそ行きドレスを汚してしまってへこむアリスがふと振り返ると、なんとすぐうしろにいたソフィアのピンクのドレスにも黒シミができていた。

しかもドレスだけではなく、頬にも水がかかっている。怒りで震えるソフィアの鬼の形相に、さすがにこれはやばいと血の気が引いた。そのとき。

「見事である」

何者かが拍手をしながら近づいてきた。威厳のある声がした方を見ると、国王がゆっくりとアリスたちの方に歩いてきていた。

誰もが床にひざまずくのを見て、アリスも慌てて髪や口の布を取り、深くお辞儀をする。

「その令嬢は助かったのだな？」

「は、はい。早急に胃の中を洗ったので、命には別条ないかと」

アリスのうしろでは、令嬢がソファの上ですやすやと寝息を立てていた。

「それはよかった。実に鮮やかな手つきであったぞ」

国王は遠くの席から望遠鏡でアリスの様子をずっと見ていたらしい。

「いや、彼女はとんだ不届き者ですよ！　自分が貧乏王子に嫁がされた腹いせに、幸福な花嫁をわざと汚したんです！」

アーロンが必死に国王に訴える。

「だったら自分のドレスは汚さないだろう。次期国王候補ともあろう者が、自分たちのことばかりかわいがっていてはいかんぞ」

バッサリと切り捨てるように国王が言うと、アーロンは口をつぐんだ。

「さあ、その令嬢を静かな場所に運んでやれ。そなたはこちらへ。その珍しいスキルについて、いろいろと話を聞きたい」

国王自らアリスを立たせ、高位の王族席にエスコートする。アリスは拒否できないので、戸惑いつつもついていくしかない。

ソフィアはその様子を燃えるような瞳で睨みつけていた。

すぐに床が掃除され、主役ふたりが着替えのために一時退出するのを、アリスは遠目に見る。

国王に案内された席に座ると、目の前に飲み物や菓子が運ばれてきた。

「さっそくそなたのスキルについて聞きたい。それは魔法学校で身につけたのか？」

「いいえ……」

探るような国王の目つきに、居心地の悪さを感じる。緊張とはまた別の、なにか。

一見、初めて見たことに興味津々の子供のようだ。しかし腹の中はわからない。

「たぶん生まれ持ったものだと思います」

「あの不思議な道具の数々はどこから召喚した？」

「異世界から」

「異世界の道具の使い方を、なぜ知っている？」

国王の質問はストレートな上に尽きることがない。アリスは慎重に言葉を選ぶ。

「それはえっと、神の声が聞こえるというか憑依《ひょうい》状態になるというか……」

前世の記憶と言っても、ルークと同じくなかなかわかってもらえなさそうなので、
適当に説明した。

「ほう、巫女《みこ》のようなものか」

「しかし、やれることには限界があります。すべての病気や怪我をたちどころに治す

ということはできません。私にできるのは看護、つまり患者さんを少しでも楽にするお手伝いだけなのです」

国王は自分を利用しようとしているのかもしれないと、アリスは感じていた。

昔から権力者の中には、不老不死の体を求める者が少なくない。国王が例外であるとは言いきれない。

けれどアリスにはそこまでの技術はない。彼女のスキルはあくまで看護なのだ。

あまり期待されすぎても困るので、アリスは必死に万能ではないことをアピールしておいた。

自分の気に入らない者はたとえ息子だろうと、辺境の地に流し、ろくな補助金も与えない。それが国王という人物だ。

機嫌を損ねたらなにをされるかわからないという恐怖が、いつの間にかアリスの胸に巣くっていた。

「あっ、ソフィア妃殿下ですわ」

ソフィアが別のドレスに着替えて入場したが、参列者たちは拍手もしない。

話題はアリスのスキルや処置の手順のことで持ちきりで、主役は完全においてけぼりになっていた。

「うむ。やはりアーロンの妃はあのような普通の娘ではなく、そなたにすべきだったかもしれん」

「えっ。いえいえいえいえ……まさかそんな。おほほ」

以前のアリスだったら、これを好機とばかりに第一王子の妃の座を狙いにいっただろう。

でも今は、アーロンと結婚したいとは爪の先ほども思わない。早くこの場から解放されたい、そう願ったときだった。

「国王陛下！」

固く閉ざされていた大広間のドアが、勢いよく開いた。そこには甲冑《かっちゅう》を着た騎士が立っていた。広間は水を打ったように静まり返る。

「何事だ」

国王が立ち上がる。ただごとではない雰囲気に、広間にいた全員が固唾をのんだ。

「敵襲でございます……！」

アリスは耳を疑った。まさか、国境を破られてしまったのか。

「敵とは何者だ」

「調査中です。が、街のあちこちに爆発物が仕掛けられ……おそらくこの婚礼に乗じ、外国からの商人に化けて爆発物を持ち込んだのではないかと」

外国からの商人は、警備隊が守っている国境ではなく、貿易専用のルートを通ってくる。

(ということは、留守番をしている警備隊のみんなは無事ね)

アリスがホッと胸をなで下ろしたのもつかの間、開いた扉の向こうから、爆発音が聞こえてきた。

「近い……！」

国王のうしろで立ち上がったアリスは、ドレスの裾をつまんで駆け出す。自分だけホッとしている状況ではない。

「どこへ行く？」

「怪我人が出たかもしれません。陛下、私をルーク殿下のもとに行かせてください」

「待て！　そうはいかない」

訴えるアリスに、厳しい声が投げかけられた。アリスは相手を睨むように振り返る。

「これはルークとお前が自ら仕掛けたことじゃないのか。自分たちの評価を上げようとして……」

「はあ？」

前に出てアリスの行く手を塞ぐのは、アーロンとソフィアだった。この期に及んで、評価がどうなどとほざく王子に、アリスはぶち切れた。

「おふざけも大概にしていただきたいわ」

「なんだと？　お前、誰に向かってそんな口を――」

「うるさいっ。誰が好き好んで自分の仕事を増やすもんですか！　本当は、できる限りゆるゆると暮らしたいのよーっ！」

大声で本音をぶちまけたアリスの肩を、国王がぽんと叩いた。

「頼むぞ、ルークの妃」

今の雄たけびは聞こえなかったことにしてくれたらしい。アリスはこくんとうなずいた。

「ちなみに私の名はアリスです。では、ごきげんよう陛下！」

ドレスの裾を大胆にたくし上げ、アリスは駆け出した。

＊＊＊

式に参列するアリスと別れ、ルークは城外で待機していた警備隊のもとへ向かった。

「あっ、隊長！　どうしたんですか。俺たち朝から命令を待っていたんですよ」

すっかり待ちくたびれた隊員たちがルークに詰め寄る。

「どうせ、俺たちを招集したことさえ、国王も王子も忘れていたんだろう」

馬車にもたれたジョシュアが、腕組みをして言った。

現実は、ジョシュアの予想より残酷だった。警備の配置は国王ではなくアーロンの仕事なのだろう。忘れられていたばかりか、嫌がらせのような命令をされた。

ルークは重い口を開く。

「……持ち場は決まった。城前庭園の花壇だ」

「は？」

ジョシュアの取り巻きだった中年隊員が不満をあらわにする。

「ソフィア妃殿下の花壇に何人《なんぴと》も入れるな。いいな」

無表情で命令を下し、マントを翻したルークに、中年隊員はうしろから怒鳴った。

「まさか、そんなふざけた命令を、素直に受け入れてきたのではあるまいな⁉」

掴みかからんとする隊員の肩を、ジョシュアがポンと叩いた。

「結構な命令じゃないか。守りきってやろうぜ、皆の衆」

「副長……！」

ルークは振り返って隊員たちを見つめた。

「おうっ!」

若い隊員たちが元気よくジョシュアに返事をする。隊員からどんな罵声を浴びせられても耐えようと思っていたルークは、威勢のいい声に驚き、目を見張った。

「叔父上……」

「どんな命令でも持ち場を守るのが俺たちの仕事だ。そうだろう」

ジョシュアが歩きだすと、隊員たちがぞろぞろとその後に続く。

「隊長が先頭を歩かないと、格好つきませんよ。さあさあ」

アリスが来る以前の警備隊だったら、やさぐれていただろう。

ルークは心の中でアリスに、そしてジョシュアにも感謝した。若い隊員に背を押され、ルークは先頭に出た。

「いざ、庭園へ」

彼は号令をかけ、すっと背を伸ばして歩き始めた。

庭園は平和そのものだった。暖かな日差しがたっぷりと降り注ぎ、油断すると寝てしまいそうだ。

ルークはぼんやりと、アリスがいる城を眺めていた。今あそこでは、アーロンとソフィアが盛大な式を挙げた後の食事会が催されている。

（嫌な思いをしていなければいいが）

アリスが周りになにか言われても、自分が守ろうとルークは思っていた。だが、アーロンの嫌がらせで離れ離れにされてしまった。

「隊長がしけた顔をしていると、隊員の士気が下がるぞ」

庭園じゅうを飾る花壇に隊員を適当に配置したジョシュアが、隣に来て言った。

「妃が心配か」

「はい……俺が嫌われているのはいいが、アリスが傷つけられるのはつらい」

「ははっ。あれが簡単に傷つくタマかよ」

笑われて、ルークは肩の力が抜けるのを感じた。たしかに、アリスはちょっとやそっとのことでへこたれる女性ではない。

「そのうち終わるさ。終わったらすぐに帰ろう……ん？」

ジョシュアが空を仰いだ。遠くを見るような視線に、ルークは首をかしげる。

「どうかしましたか」

「なにか聞こえなかったか」

彼が見ているのは、街がある方向だ。ルークも耳を澄ました。

「いえ、なにも……」

横に首を振りかけたときだった。どん、と花火のような音がした。続いて風に乗ってきたのは黒い煙と、微かな悲鳴。

「花火が暴発でもしたのでしょうか？」

「いや、それならもっとひどい連続爆発になるはずだ」

花火はまとめて打ち上げ場に置いてあるので、ひとつ暴発したらすべてに引火する。大量の花火に引火すれば、もっと派手な音がするだろう。

しかし聞こえる爆発音は低く、少し間を空けて一回、そしてまた一回と続く。爆発音はだんだんと城に近づいてくるようだ。

「なにかあったんだ」

「五人ほど偵察に行かせよう」

ジョシュアが足の速い者を選んでいると、庭園に甲冑を着た騎士が駆け込んできた。

「敵襲、敵襲━っ！」

騎士は警備隊には目もくれず、王族たちが集まる広間の方へ走っていった。

「敵襲だと？」

ルークは眉をひそめた。煙と共に、火薬の嫌なにおいが漂ってきて、隊員たちがざわめく。

「隊長、どうしますか」

早くも臨戦態勢の隊員たちに、どう指示を出すか。ルークは即断できなかった。

敵を見つけ出し、戦って捕縛すべきか。この花壇を守るべきか。

(アリスならどうする?)

ルークは無意識に、アリスの考えを求めていた。

(いや、ダメだ。俺が考えなければ。大事な決断を妻任せにする情けない男になるな)

自分を鼓舞し、ルークは声を張り上げた。

「敵と戦うのは、王都の兵の役目だ。俺たちは市民の救出に向かう!」

「おう! そうでなくちゃ!」

集まってきた隊員がわっと盛り上がった。庭園を放棄し、出ていこうとする警備隊のうしろから、透き通った声がかかった。

「私も行くわ!」

隊員たちがいっせいに振り返る。そこには、ハイヒールを脱ぎ捨て、裸足で息を切らせたアリスが立っていた。なぜかドレスに黒いシミができている。

「お妃様！」

アリスの登場に、やる気満々の隊員たちがますます沸いた。

「いや、君はここで待機してくれ。君に万が一のことがあると、救える人数が減ってしまう」

ルークはアリスの肩を掴み、言い聞かせる。

「俺たちが市民をここに連れてくる。だから君はここで……」

彼の言葉を遮るように、突然の爆発音が至近距離で響いた。ルークはアリスを抱き、身をかがめる。

もうもうとした煙が収まって見ると、城壁に穴が開いていた。隊員たちは剣を抜き身構える。しかし、その穴から敵が侵入してくることはなかった。

「爆発はおとりか。敵は別の場所から侵入を図って……いや、もう侵入しているかもしれないな」

ジョシュアが落ち着いた声音で言う。今まで幾度となく敵と戦ったのであろう。顔の傷が説得力を持っていた。

「あっ」

アリスが穴を指さした。ゆらゆらと、人影が現れたからだ。

「助けて……たすけ……」

爆発に巻き込まれたのだろうか。体のあちこちから血を流した若い男が、こちらに助けを求めていた。

「早く寝かせて！」

それをきっかけに、怪我をした市民が穴からぽつぽつと助けを求めてやって来た。

「重症の者から運んでこい！　指揮は副長に任せる！」

怪我に光をあてて滅菌しながら、ルークは叫んだ。隊員たちはうなずき、ジョシュアに続いて穴から出ていく。やがて続々と怪我人が庭園に運ばれてきた。

「まず傷口を洗わないと」

ドレスに似合わない姉さんかぶり姿で、アリスが言う。

「水を運ぶのにもひと苦労だな。水の魔法が使える者がいればいいんだが」

ルークがおぶっていた怪我人をそっと地上に下ろした。

「俺が力を貸す」

低い声がして、ふたりは振り返った。水の魔法を使える第二王子ラズロが駆けつけてくれたのだ。

「ありがとうございます、殿下。では、怪我人の傷口をそっと洗ってやってくれますか。ルークは殿下についていって、片っ端から滅菌してくれる？」

「……わかった」

ラズロと話すアリスの目が少し輝いていた気がして、ルークは動揺しそうになる。が、怪我人を見るとすぐに我に返った。

庭園はあっという間に人であふれ返った。立った状態や座った状態で待てる者はいいが、気を失っている者も多い。

「場所がなくなっちゃった。いいわ、花壇にシーツでも絨毯でも敷いて、寝かせちゃいましょう。緊急性のある人から私が処置するわ」

警備隊でも稽古中の怪我人が出ることがある。その場合は自分たちで処置をしていたので、軽い応急手当で済む者は隊員に任せることにした。

「花壇……ソフィア嬢がメソメソしそうだな」

ルークがげんなりした表情で言う。

「させておけばいいのよ。あんなの演技で、本当はお花より自分が好きなんだから。なにか言われたら、私が代表で叱られてあげるわ」

うなずいた隊員たちが花壇にシーツを広げ、重症者を寝転ばせる。

「そもそもお城が広くて立派なのは、緊急時に避難所の役目を果たすためなのよ」

アリスは次々に処置に必要な物品を召喚した。

ひどいやけどを負った者は、ラズロの手からあふれる流水で患部を冷やしてから薬を塗った。

「大丈夫ですか。しっかりして」

皮膚移植ができればいいのだが、アリスはそこまでの技術を持ち合わせていない。薬を塗り、抗生剤を点滴するのが精いっぱいだった。

「次！」

自分の無力さに打ちひしがれている場合ではない。やれることをやるだけだ。

(とにかく、命だけは守る)

頭がパックリ裂けた子供の横で、母親が涙を流している。

「こんなに血が出てしまって。もうダメでしょうか」

「頭は血管がいっぱいあるから、出血が多いものよ。あきらめないで」

アリスは患部を圧迫し止血をしながら、血だらけの皮膚のその下を透かし見る。

爆発による建物の破片で切ったのだろう。皮膚には鋭利なもので裂かれたような傷があるが、骨や脳には影響なさそうだ。

アリスは安堵し、麻酔を打ってから裂けた皮膚を縫合針と糸で縫った。処置が終わったら痛み止めを母親に手渡す。

「坊や、もう大丈夫よ。次！」

次、といっても患者がストレッチャーで運ばれてくるわけではない。アリス自ら次の患者のもとへ移動し、太ももを押さえている男性の横にひざまずく。

「いてえよお、いてええええ」

「それだけ叫べれば大丈夫！　元気だわ！」

腫れ上がっている箇所を透視すると、太い骨がぽっきりと折れていた。

(これは外科手術でボルトを入れた方がいいかも。でも、私にはできない)

ぐっと唇を噛む。とにかく鎮痛剤で痛みを抑えてやり、足を引っ張って整復した。さらに添え木をし、強く縛って固定する。

「おいっ、しっかりしろ！　死ぬなよ！」

ジョシュアの叫び声が聞こえて、アリスはそちらを見た。内臓にダメージを受けたのか、吐血して倒れている老人を軽症者の間で発見した。運ばれたときの見た目ではわからなかったらしい。

「どいてっ」

人波をかき分け、アリスは城の手前まで駆ける。

重症者の脇に到着するなり、窒息しないように喉に残る血液を吸引し、召喚した酸素マスクをつけた。内臓を透視している最中に、患者の呼吸が止まる。

「聞こえますかー？　がんばってくださいねー！」

アリスはすかさず心臓マッサージを始める。

（……ダメだわ。折れた肋骨が肺に達している。こっちも外科手術しかない）

心が折れそうになった瞬間、透視をしていた視界に霞《かすみ》がかかった。ぱちぱちと瞬きしても改善しない。

（いけない、目はかすむし、頭がボーッとしてきた。召喚スキルと透視スキル、一気に使いすぎたんだ）

ゲーム中でも、一日に使える魔法やスキルの量は決まっている。それを超えたら、次の日まで主人公が部屋で休むか、ゲーム中の商店で売っている特殊なアイテムを使わなければ回復しない。

老人の心拍は戻らず、アリスががっくりと肩を落とした。そのときだった。

「いやあああ！」

甲高い、癪《しゃく》に触る叫び声が城の方から聞こえた。

「あなたたち、誰の許可を取って、こんな……！」

かすむ目をこすってやっと見えたのは、青ざめて怒りに震えるソフィアだった。

「ここは、国王陛下とアーロン殿下が私のためにつくってくださった花壇なのにっ」

自分の権力の象徴を踏み荒らされ、血で汚されたのがよほど許せないのか、ソフィアは完全に取り乱していた。

「なによっ、結局何人も死んでるじゃない。あんたなんて、なんの役にも立ってないじゃない」

言われて、アリスは周りをゆっくりと見回した。軽症者ゾーンには、運ばれてきたときにもう息がなかった者もシーツに横たわっていた。

ジョシュアがアリスの負担を軽減するため、少しでも助かる見込みがありそうな者を重症者ゾーンに運んでいたのだ。アリスは目の前が暗くなっていくのを感じた。

(わかっているわ)

自分は万能じゃない。看護師歴五年の若輩者だ。経験したこと、見たことがある処置しかできない。

(やっぱり、私は思い上がっていたんだ……)

誰かの命を救おうなんて。神様でもできないことを、どうしてできると思ったのか。

アリスの目から光が失われていく。もう少しで気まで失いそうだ。

「誰が役立たずだ」

しゃがれた声が、アリスの意識をつなぎ留めた。

「そんなことは、自分がちょっとでも誰かのために働いてから言いやがれ！」

怒鳴ったのは、ジョシュアだった。

「この人は俺の命を救ってくれた。生きがいを与えてくれた。侮辱するなら俺が許さねえ！」

アリスの目に光が戻った。彼の声は、しっかりと彼女の鼓膜に届いていた。

「そうだそうだ！　俺たちみんな、お妃様のおかげで立ち直ったんだ！」

ジョシュアに呼応し、警備隊員たちが泥や血に塗れた顔をクシャクシャにして反抗する。

「すべての命を救おうなんて、思わなくていい」

肩を叩かれてアリスが顔を上げると、ルークがいた。汚れた彼女の頬をなで、ルークはやわらかな日差しのように微笑む。

「やれることを全力でやろう。俺たちは全面的に、君を支持する」

ルークもたび重なる魔法の使用で疲れているはずだった。けれど、そんな様子は少しも見せない。

消えかけたアリスの心の灯《ともしび》が、よみがえる。

「やっぱりあなたは最高の相棒だわ」

差し伸べられた手を掴み、アリスは立ち上がった。ソフィアを無視し、重症者のもとに走る。

「なにほうけてんだ野郎ども！　働け働けーっ」

「おーうっ！」

なめて下に見ていた者たちに完全に無視されたソフィアは、唇を噛んで屈辱に耐える。その横で、ひらりとマントが翻った。

「皆の者、待たせたな！」

「国王陛下⁉」

マントを翻して現れたのは、なんと国王だった。彼もまたソフィアには見向きもせず、ルークのもとに向かう。

国王の親衛隊が巨大な箱を運び、ルークの前に下ろす。そのうしろから、ぞろぞろと国王の侍医とメイドがついてきた。

「城の物資だ。好きに使え。そしてこの者たちも手伝うぞ」

開いた箱の中には、包帯やこっちの世界の薬が入っていた。驚いたルークは目をしばたたかせる。

「火の魔法しか使えないわしは、これくらいしかできん。ここは頼むぞ」

「……御意」

ルークが深くお辞儀をしたとき、壁に開いた穴の方向がにわかに騒がしくなった。

「どけどけっ。アーロン殿下のお通りだっ」

なんと、戸板に乗せられたアーロンが彼の部下に運ばれてきた。

「殿下！」

ソフィアがますます青くなる。

アーロンはアリスが広間を飛び出したすぐ後に、馬で街へ行った。無論、敵を見つけて鎮圧するためだ。

派手な赤い甲冑を身にまとった彼の肘が破れ、出血していた。ほかにも多数の切り傷がある。

「ううっ。ソフィア、俺はもうダメかもしれない……」

「おい、まず殿下の手あてをしろ」

高圧的な態度で、アーロンの親衛隊長がアリスに怒鳴った。

「大きな声を出さないで」

アリスは降ろされたアーロンの体を透視する。

敵と斬り合ったのだろう。しかし全体的に傷は浅く、骨折もない。つらそうな表情のわりには大丈夫そうだ。

「たいしたことないわね。誰か、殿下の止血を。私はこっちの重症者を先に」

「なんだと⁉　お前っ、殿下を後回しにするつもりか！」

親衛隊長の横に飛び出てきたソフィアも、調子を合わせて喚いた。

「ひどいわ！　国王陛下、不敬罪でこの人を逮捕してくださいませ！」

この非常事態に、なにを言っているのか。腹が立ったが、アリスは努めて冷静に返した。

「トリアージって知らない？　重症度によって治療の順番を決めるのよ。殿下の傷は浅いから、後にするだけ。もっと命に関わる怪我をしている人を優先すべきなの」

「嘘よ！　あなた、殿下が身まかられれば自分の夫が王位に近づくと思って、わざと放置するんでしょ」

アリスの脳内でプチンと音がした。気がついたら、右手が動いていた。

「いい加減にしなさいっ！」

ペチンとマヌケな音がした。アリスがソフィアの頬を打ったのだ。

「あなた、未来の王妃候補でしょう！　そんなことでどうするの！」

打たれた頬を手で押さえたソフィアの目に、涙が浮かぶ。

「いや～、この人私をぶったぁぁ～」

「勝手に泣いてなさい！　誰もかわいそうだなんて思わないからねっ！」

アリスはアーロンもソフィアも置き去りにし、重症者の処置に回る。

「陛下、いいのですか。あいつらとんだ無礼者です」

「ん？　彼女は至極まっとうなことを言っているように、わしには聞こえたぞ」

騒いでいた親衛隊長は、国王にひと睨みされてスン……と口をつぐんだ。

「ソフィアよ、そなたはまだまだ学ばなければならんことがありそうだな」

大げさに泣きわめいていたソフィアも、静かになった。

「痛いよ～血が出たよ～」

「大丈夫ですよ、兄上。あきらかに浅い傷だ」

アーロンの傷を洗浄しながらラズロがため息をついた。

「ルークはいい花嫁をもらったな」

彼のつぶやきは、ルーク本人には聞こえていなかった。

誤解が解けるとき

王都を襲った爆発を起こした犯人は、なんと地方出身の農民たちだった。

アーロンに豪勢な贈り物をするため、その地をおさめる貴族が無理な税金の取り立てをしたのだ。それをきっかけに生活が困窮した者たちが結託して起こしたテロだったというわけだ。

爆発の混乱に乗じて城内に入り込んだ男たちは、国王の軍隊にあっさり取り押さえられた。その手には鋤《すき》や鍬が握られていた。

農民たちに無償で爆発物を与えたのは、外国の商人だった。彼らはこの国が揺らいだ瞬間を狙い、国王に武器などを売りつけるつもりだったのだろう。

商人はまだ捕縛できておらず、軍隊が行方を追っている。もしかすると、もうこの国から出ていったかもしれないということだが、捜査は続けられている。

死者も出た今回の事件は、アーロンの婚礼に思いきり泥を塗った。国民に与えた衝撃も大きく、今後の国の行く末が案じられる。

ルーク率いる国境警備隊は国民の救出と治療に大きく貢献したと評価され、その夜から軍隊の宿舎の空き部屋が与えられた。

そして彼らのために豪華な食事が出されたが、アリスが見張っていたため、全員アルコールは一杯だけで我慢した。

事件の翌日から警備隊は、破壊された建物の修理に駆り出されることが決まっていた。なのでアリスは酒を禁じ、夜も早い時間に彼らを就寝させた。

その様子を見て、軍隊も『なんと強い自制心を持ったやつらだ』と感服し、警備隊は一目置かれた。

ルークとしては、できることならこれからも王都に滞在して復興の役に立ちたいところだが、国境を守っている隊員たちをそのままにはしておけない。

手薄である今敵に攻め込まれたら、大変なことになってしまうだろう。


数日後。

「ふあー……」

アリスはふかふかのベッドの上で目を覚ました。

「おはよう。今日は国王陛下に呼ばれている。これに着替えて」

ひと足先に起床していたルークが、クローゼットにかけられているドレスを指さす。

その上等なドレスは、アリスの持ち物ではない。国王が与えた物だった。

結婚式の日、庭園で怪我人を治療しはじめたと同時に、広間で行われていた食事会は中止となった。いっせいに片づけられたそこに、重症者は全員運ばれた。

アリスはほとんど寝ずに重症者のケアにあたり、三日後にやっと夜から朝まで眠ることができた。重症者の状態がほぼ安定し、国王が招集した医師団が到着して交代が可能になったからだ。

「ん～……二度寝させて～」

疲労が回復しきっていないアリスは、布団に潜り込んでしまう。

「ダメだ。今日は国境に帰るんだから」

ルークに布団を剥ぎ取られ、アリスは完全に覚醒した。

「そうだった！　やっと帰れるんだ！」

ベッドから跳び起きたアリスは、クローゼットのドレスを手に取った。

国王は滞在中、ルークとアリスを手厚くもてなした。とくにアリスは新しいドレスとアクセサリーをクローゼットごと贈られた。

食事は国中の高級食材を使用したものを提供され、壁一面に本が詰まった書庫への出入りも許された。

アリスは元来本が好きだったが、滞在中は重症者のケアで、読んでいる時間がない。肩を落としていると、馬車いっぱいの本まで下賜された。

この世界では書籍は高級品で、警備隊の予算だけでは図書室をつくることが難しかったので、アリスは大喜びした。

本来高位の王族しか入れない、だだっ広い浴室には、アリス専用時間がつくられた。彼女は久しぶりに、思いきり足を伸ばしてゆっくり入浴できた。

正直、ここにいた方が快適な暮らしができることをアリスはわかっていた。

それでも、ふとしたときに感じるソフィアの憎しみがこもった視線だとか、ほかの貴族からの嫉妬が、彼女をげんなりさせる。

「ここにいたら暗殺でもされそうだわ。早く挨拶して帰りましょう」

「……ああ、そうだな」

もしかしたらアリスが快適な王都から帰りたくないとごねたらどうしようと思っていたルークは、ホッとしたような顔で微笑んだ。

メイドに案内された部屋には、三つのテーブルがコの字になるように置かれていた。コの字テーブルの正面には丸いテーブルが点在し、ほかの王子や大臣、警備隊の席がある。もうほとんどの席が埋まっていた。

先日の事件の慰労食事会との名目なので、全部で五十名ほどが入れる部屋は、国王が大きな声を出せば全員に聞こえるくらいの面積しかない。

警備隊からはジョシュアとほかふたりの隊員が代表で参加している。

アリスたちが席に着くのと同時、もうひと組の招待客が現れた。

「げっ」

思わず声が出てしまったのも無理はない。現れたのは、第一王子夫妻……すなわち、アーロンとソフィアだった。

結婚式を中止にされたばかりか怪我をして寝込んでいたアーロンは、少し痩せたように思えた。といっても怪我自体はたいしたことなく、街の復興や事態の収拾が面倒くさくて出てこないのではないかという噂が、すでに城じゅうに広まっていた。

ソフィアも丸い顔に疲労の色を滲ませていた。こちらは国王や王妃から長々と説教を受けたという噂だ。

今さら王族の資質を問われた彼女は、しくしくと泣き、謹慎して反省したということだ。ただアリスは、それは彼女の得意な演技だろうと思っている。

（素直に反省するような女じゃないもの）

ソフィアはアリスを睨み、頬に大げさに貼った湿布を見せつけるように、正面に座った。

「どうしてソフィアを叩いた君には、なんの処罰もないんだ。痕が残ったらどうしてくれる」

まだ国王が来ないと判断したのか、アーロンが露骨に悪態をつく。そもそもそんなに強く叩いた覚えは、アリスにはなかった。

「いいのです。取り乱した私が悪かったのですわ」

「ソフィア、あのときは仕方なかったんだ。自分を責めないでくれ」

もうこのバカバカしい夫婦漫才のようなやり取りにも飽きた。

ルークとアリスは華麗にスルーする。そのとき、「国王陛下のお成り」と声がかかり、重いドアが開いた。

「待たせたな」

ゆっくりと歩いてきた国王のうしろから、ひとりの女性がついてきた。

「母上……！」

ルークが腰を浮かせた。ビックリしたアリスが女性をよく見ると、なるほどルークによく似ていた。

まるで金の絹糸のような髪、陶磁器のような肌。おそらくもう四十代であると思われる年齢を、微塵《みじん》も感じさせない。彼女は静かに、ルークとアリスに微笑みを投げた。

「さあ、食事を始めよう」

国王が手を打つのと同時に、メイドたちが温かい料理と冷えた飲み物を運んできた。

「警備隊の面々は酒を飲まないのだったな」

にこりと笑った国王に、アリスも微笑みで返す。和やかな雰囲気で始まった食事会の中、アーロン夫妻だけはモヤモヤとしていた。

どうして王妃であるアーロンの母ではなく、側室のルークの母が国王の横に座っているのか。気になって仕方がないようだった。

「このたびは事件の鎮圧と収拾、ご苦労だった。乾杯」

出席者が杯を掲げる。アリスはその中で、憮然とした表情をしている者を何人か見つけた。

死者を出した事件の後だ。大々的な宴会ではないにしろ、この時期に食事会を催すことを苦々しく思っている者もいるのかもしれない。

警備隊のジョシュアもそのひとりだ。『副長が出席したくないとゴネている』と、アリスが着替えている間に隊員から報告があった。もっとも、彼は国王に左遷された恨みを忘れていないからかもしれないが。

「傷はどうだ、アーロン」

国王に声をかけられ、アーロンはきりっとした顔をつくる。

「もう大丈夫です」

たいした怪我でもないのに痛い痛いと騒いで、侍医を閉口させたのは誰だったか。ルークやほかの王子たちはしっかり覚えていたが、トラブルになると面倒くさいのでスルーすることにした。

「ソフィアは、いつまでその湿布を貼っておるのだ」

「まだ、少し痛むもので」

ソフィアは眉を下げて微笑む。健気《けなげ》なフリがうまいと自分で思っているのがアリスには伝わってくる。

「少しなら剥がしてしまえ。かわいい顔が台無しだぞ」

たしかに、湿布はソフィアの「かわいそう感」を増幅させるが、化粧やドレスによる華やかさを軽減させていた。

国王に剥がせと言われれば、ソフィアも拒否はできない。ゆっくりと剥がした湿布の内側の頬には、傷もあざも残っていなかった。

「やっぱり。どうにもなってないじゃないか」

ルークがつぶやいた声が聞こえたのか、ソフィアが周りにはわからないように彼をねめつけた。

国王はソフィアの顔を見た感想はとくに言わず、メインの料理を食べ終わるとゆったりと立ち上がる。全員が話すのをやめ、彼の言葉を待った。

「今日は皆に話がある。先のような事件が起こった以上、余はそろそろ引退を考えなければならないと思っている」

ざわっと部屋の空気が揺らいだ。アリスも驚き、目を丸くする。

「貴族が領民を苦しめているとは知らず、このような事態を引き起こしてしまった。余の目も節穴になったものだ」

という国王もまだ五十代前半。亜里の世界で言えばまだ老人とは言えない。

ただ今後もこのような事件が起き、国王の身になにかがあった場合のことを考えると、早々に王位継承者を決めておく必要がある。

今のところ、王位継承の第一候補はアーロンだ。これは周知の事実である。アーロンは「今度こそ自分が主役だ」と言わんばかりに、背筋を伸ばして胸を張った。

ちなみに騒ぎを起こしたきっかけになった貴族は領地を取り上げられ、田舎に引っ越したらしい。

「というわけで、王位継承者……つまり王太子を決めておくわけだが」

アリスはふうとため息をついた。五元素の魔法を持たないルークが指名される可能性はほぼない。

アーロンとソフィアのドヤ顔を見せつけられると思うと、自然に二回目のため息が出た。しかし。

「ルーク、お前でどうかと余は考えている」

ざわめきがいっそう大きくなった。指名された本人は、オッドアイを見開き、座ったまま固まっている。

「な、なぜルークなのですか？」

耐えかねたアーロンが口を開いた。

「なぜって。ルークとアリスが、今回の事件の一番の功労者だからだろう。国境警備隊は火の海となった街から市民を避難させ、多くの命を救った」

「それを言うなら、軍隊を率いた私も」

がたんと椅子を鳴らして立ち上がったアーロンに、国王は鷹揚に笑いかける。

「お前は真っ先に怪我をして、退場しておったではないか」

こらえきれなかったのか、どこかの席から「ブッ」と笑いが噴き出すような音が聞こえた。

「余は今回、ルークとアリスを見ていて、彼らに任せた方がうまくいくような気がしたのだ」

ソフィアが唇を噛むのが、正面にいたアリスには見えた。

「お、お待ちください」

ルークや警備隊が高評価を受けているのはわかっていたが、突然王位を譲ると言われても困る。たくさん疑問が残る。

アリスが声をあげると、国王がそちらを見た。

「どうしたかね？　言ってごらん」

「あのう、大変申し上げにくいのですが……陛下はルーク殿下を疎んじていらっしゃったのでは？」

いきなり手のひらを返したような態度は、にわかに信じがたい。

「余が？　ルークを？」

本気できょとんとしているような国王に、アリスは戸惑う。ルークも同様だ。

「五元素の魔法が使えない俺は、王家のはみ出し者だから……だから辺境の地に流されたのだと聞いていたのです」

ルークが話すと、国王は眉をひそめた。

「誰がそんなことを」

「俺が十四歳だった当時、兄上から」

ルークから視線を投げられたアーロンは、すっと顔を横に向けた。うしろめたいことがあるのだろう。

ルークはそれ以上掘り下げず、話を続ける。

「出立前に母上に会いにいくことも、周りに禁じられました。私はすっかり、おふたりに見捨てられたのだと……」

「私が？　だから一通も手紙のお返事をくれなかったの？」

ルークの美しい母がぱちくりと目をしばたたかせた。

「違うわよ。あなたがあの地に赴任させられたのは、私の希望だったのよ」

「なんですって」

「あなたは光の魔法が使える。それほど役に立たないように見えても、珍しすぎて未確認の要素が多い。よくわからないものを、人は恐れるでしょう？」

母の声は大きくはなかったが、不思議な響きで聞く者の鼓膜を揺さぶる。

「人体実験をしてその力を解明しようとする者たちがあなたを狙っているという情報

を掴み、田舎に避難させようとしたのよ。そう言ったわよね？」

「ええ。でもそれは表向きの理由だと……」

今度はルークがポカンと口を開けた。

光の魔法。滅菌以外にも、彼の力は使い様があるのかもしれない。

新たな魔法を持つ王族の誕生は、心の弱い者たちの不安を煽ったのだろう。

「では、警備隊が落ちこぼれ……いいえ、個性的なメンバーばかりだった理由は？」

アリスが問うと、国王は答える。

「ルークの統率力を鍛えようと思ってな。結局はうまくいかず、アリスの力に頼ることになってしまったわけだが。ただ先日の事件のとき、ルークの成長をひしひしと感じたぞ」

なるほど。荒くれ者ばかりを送り込んだのは、そういう理由があったのか。アリスは納得した。

「もしかして、ジョシュア副長は」

アリスがハッと気づいてつぶやくと、ルークの母がにこりと微笑んだ。

「そう。彼にはルークを守ってもらうため、付き添ってもらったの。この国一番の剣士だったもの」

「元気そうで安心したぞ、ジョシュア」

笑顔の国王夫妻に、ジョシュアも戸惑いを隠せない。

「いや、俺も、陛下に疎まれて左遷されるのだと聞いていました」

「なんだと。お前にもちゃんと『ルークを守るため』と説明したではないか。余よりほかの者が言ったことを信じたのか」

鷹揚だった国王も、さすがに怒りだす。

「陛下、悪いのは、おふたりの動揺に付け込んで虚偽を吹き込んだ人物ですよ」

「おお、そうだ」

ルークの母が優しく言うと、国王はすぐに平常心を取り戻す。

「アーロン。お前はどうしてルークに嘘を申した」

じっと見つめられ、アーロンはすくみ上がる。

「それは……」

「ただの意地悪でしょう。俺もそういう心の弱みに付け込むような嘘を言われた記憶があります。腹違いの弟を、自分の王位継承を邪魔する者だと恐れていたのかな」

本人の代わりに淡々と口を開いたのは、近くの席に座っていたラズロだった。

「意地悪なのか」

「も、申し訳ございません。子供だったものですから」

「子供といっても、当時お前は十七だったではないか。まったく、あきれたやつだ」

二十歳をとっくに過ぎた今でも、幼い子供のように叱られ、アーロンはすっかり小さくなってしまった。

「ジョシュアに同じようなことを言ったのもお前か」

「いいえ、私はアーロン殿下からはなにも」

ちーんと沈み込んでいるアーロンに変わり、ジョシュアが答える。

「では、誰が」

「忘れもしません。当時の財務大臣、ケルト氏です」

視線が集まった先にいたケルトは、まだ財務大臣の地位にいる。彼は腰を浮かせかけていた。

「ちょいと御不浄《ごふじょう》に……」

トイレと偽り、逃走する気満々に見えて、アリスは萎えた。

(この国、ろくな権力者がいないわ。貴族政治ってこんなものなの?)

国王がケルトをひと睨みすると、彼はそろそろと椅子に座り直した。

「ケルト大臣といえば……八年前に新しい奥方様を迎えられましたね」

　ラズロの言葉に、真っ青になるケルト。

「新しい奥方……そういえば、ジョシュアさんは異動前に離縁された奥方がいましたね。その方の再婚相手がケルト大臣だったような気が」

「ええー。じゃあ、大臣が副長の奥方様を狙って、彼を陥れたってこと？」

　アリスが大声をあげると、ジョシュアの強面がゆっくりと振り返り、ケルトを睨む。

　その顔を見た者は全員縮み上がるほどの迫力だ。

「なんということだ。洗いざらい話せ」

　ルークが怒りをあらわにし、詰問する。

「な、なんのことでしょう。私はなにも……」

　ごまかそうとするケルトに、ジョシュアの横にいた警備隊員が詰め寄ろうとした。

「やめねえか！」

　一喝され、隊員はぴたりと動きを止める。

「もういい。俺が辺境に左遷されると知って、妻の愛が冷めたんだ。それはケルトがいようがいまいが、関係なかった」

「ジョシュア殿……」

　ケルトは眉を下げ、泣きそうな顔をした。

「国王陛下のお言葉を信じることができていたらよかったのだ。俺も、ルーク殿下も」

彼らはどちらも、国王の言い分を建前として捉え、意地の悪い者の言うことに心を囚われてしまった。

それが彼らの弱さのせいと言われると、アリスは腑に落ちない。どう考えたって、余計なことを言う人間が悪い。

「ん？　ということは、ふたりが勝手に陛下に見捨てられたと思い込んでいただけで、実はそうじゃなかったってことですよね？」

アリスが首をかしげる。

「じゃあどうして、国境警備隊には補助金がほんのちょっとしか与えられないのです？　あの地は特産品もなく、税収が少ないのです。そのわりには、私の実家にはちゃんと補助が出ている」

アリスの要望に従って様々な物資を送ってくれるのは、実家が潤っている証拠だ。

「私が嫁いできた頃、警備隊のみんなはろくな物を食べていませんでした。今は自給自足できています。ただ家畜のエサや肥料でいっぱいいっぱいでメイドも雇えないし、正直このままではキツイです」

あっけらかんと警備隊の現状を訴えるアリスに、失笑があちこちから聞こえた。

お金がないということは、ここに座っている人間たちにとって、よほど恥ずかしいことらしい。恥よりも、アリスはこれからの生活のことが気がかりだった。

もし国境を脅かされる事態になれば、隊員たちは家畜の世話や農業をする時間がなくなり、また貧しい生活に戻ってしまう。

「なんだと？　私は毎月十分な額を届けるように申しつけてあるはずだが……」

「これがこの数年の帳簿です」

ルークが懐からさっとなにかを取り出した。

「なにその巻物」

「家計簿だ。いつも持ち歩いている」

「嘘⁉　初めて知ったわ」

ルークは巻物を持って国王の前まで歩き、両手で手渡した。国王はそれを広げて目を通し、ぽかんと口を開けた。

「信じられぬ。余が言い渡した額の半分も渡されていないではないか」

「まあ。誰に任せていたのです？」

「それはもちろん……」

国王の視線を、全員が追った。そこにいたのは、真っ青を通り越して顔が土気色になっているケルト財務大臣だった。

「ケルト。どういうことだ」

「あ、う、その……」

「ルークに渡すはずの金をネコババしたのでは？　ちゃんと調査した方がよさそうですね」

ラズロがあきれた表情でケルトを冷ややかに見た。

「よし、綿密に調査しよう。牢の中でな。連れていけ！」

奥に控えていた国王の親衛隊が、ケルトを連行していく。彼は抵抗せず、とぼとぼと彼らについていった。

「これで結婚式の招待状が来なかった理由がわかった。お前は我々に嫌われていると思い込んでいたのに加えて、質素な式で花嫁に恥をかかせたくなかったのだな」

ラズロがルークをいたわるように見つめた。どうやら彼は、辺境に飛ばされたルークの身を案じてくれていたらしい。

「では、これですべての誤解が解けたということで。改めて、ルークを王太子に推薦する」

「父上。いえ、陛下……」

「私腹を肥やす考えばかりでは、国は亡びる。先日と同じような事件が頻発するだろう。余はそうなってほしくないのだ」

国王の力強い声に、素直な者はうなずき、うしろめたいことがある者は、黙ってうつむく。

「そなたとアリスは、国民のことを一番に思って働ける、数少ない王族だ。ぜひそなたたちにこの国を頼みたい」

彼が言い終わると、ラズロが賛成の意を表す拍手をした。拍手は初めひとつきりだったが、やがて警備隊に、周りの席にぱらぱらと広がっていく。

「陛下、それはあんまりです。私の立場はどうなるのですか」

今にも泣きだしそうな顔でアーロンが訴える。

「お前たち兄弟は、ルークを支えてくれ。そしてソフィアよ」

「はい」

今まで黙ってうつむいていたソフィアも、国王に呼ばれて顔を上げた。

「おぬしとアーロンの結婚は一時白紙に戻そうと思う」

続いていた拍手が完全に止まった。

「なん、ですって……？」

ソフィアがかすれた声で独り言のようにつぶやいた。

「アーロンが選ぶ女性ならと思っていたが、そなたはもう少したくさんのことを学ぶべきだ」

ソフィアがその先の言葉を待っても、国王はそれ以上のことを言わなかった。どうすれば妃の座に復活できるか、条件さえもつけない。

それだけ、ソフィアが国王の前で見せてしまった失態は大きかったのだ。ソフィアはぐっとうつむき、唇を噛んで屈辱に耐える。

室内の空気がこれ以上ないくらい重くなり、国王が人を呼んでソフィアを退出させようとした、そのとき。

「あ、あのう申し上げてよろしいですか？」

アリスが手を上げた。

「まだなにか確認したいことがあるのか。申してみよ」

国王が許可すると、アリスはすっと息を吸った。

「私、辞退します」

「ん？」

「正直、私には未来の王妃とか無理です。あんまり忙しいとイライラして他人にあたっちゃうこともあるし、権力を手にしたら私腹を肥やしたくなっちゃうと思います」

沈黙していた人々が、一気にざわめいた。まさか、国王の推薦を断る人物が登場するなど、つゆほども思ったことがないのだろう。

「それは、王妃とはなんたるかを今から勉強してだなあ――」

「今から王妃としてのあり方を勉強するのであれば、ソフィア嬢でもいいのでは？」

立ち尽くしていたソフィアが、ゆっくりと顔を上げた。目には驚きと疑いが滲んでいる。

「私は本来、自分本位な人間です。そして、とても怠け者なのです」

アリスは胸を張って、部屋中に響き渡る声で言った。

「ありがたい申し出ですが、荷が重いですわ。私はできるだけ、ゆるゆると暮らしたいのです。陰謀や策略や、嫉妬、しがらみ、そういうものとは無縁でいたい」

彼女の信じられない返事に、周囲はしばし呆気にとられた。

「いやいやいや、お嬢さん、よく考えてみろ。未来の王妃だぞ。ルーク殿下は未来の国王になれるんだぞ」

ジョシュアが自分の席を離れ、アリスを説得しに近づく。

「えー。まあ、ルークがやりたいなら、付き合うけど……。私、難しい規則にガチガチに縛られたり、外国語のお勉強をするなんて無理よ？」

アリスが自分の興味があることしか力を発揮できないことを、周りはまだ知らない。

「あなたはどう思う？」

尋ねられたルークは、うーんと顎に手をあてて考え込んでしまった。

「俺も、今すぐには無理だ。警備隊のこともあるし」

数分後口を開いた彼は、真っすぐに国王を見返した。

「俺はこの通り、アリスがいなければなにもできません。まずは今の領地を豊かにし、領民を幸せにすることが、俺の使命だと思っています」

「ほう……」

「辺境の小さな土地をおさめられなくて、どうして一国の主が務まりましょう。これからの俺の働きぶりを見ていただいてから、またご一考いただきたいと存じます」

それもそうだとアリスは思ったが、口には出さない。

ルークは優しすぎるゆえ、国王などには向いていないと、彼女は考える。

今まで辺境の地で独自の成果を上げてこなかったことも、不安要因としてある。

「つまり、もう少し辺境の領主をうまくできるようになってからがいい、と」

「はい」

「そんなことを言っていると、ほかの王子を立太子してしまうぞ」

アーロンがごくっと喉を鳴らした。

あたり前のように自分に渡されるはずだった王冠を、バカにしていた末の異母弟に取られる可能性を悟る彼の心情は、アリスもわからないでもない。

全員が注目する中、ルークは静かに首を縦に振った。

「それならそれで、仕方ありません」

彼はアリスに同意を求めるように見つめる。アリスはニッと笑ってうなずいた。

（あなたがそう思うなら、それでいい）

ソフィアはそんなふたりを、化け物でも見るような目つきで見ていた。自ら最高権力を棒に振るなど、ソフィアにとっては考えられないことなのだろう。

「やれやれ、欲のないやつらだ！」

あきれ果てる国王の横で、ルークの母がクスクスと笑った。

「陛下、仕方ないですわよ」

「そうだな。では、誰を立太子するかは、もう少し様子を見てから決めるとするか」

深い息を吐く音が、アーロンから聞こえた。まだ望みが断たれたわけではない。

「信じられねえ。あんたら、バカだぞ。大バカだ」

「あら副長、やっと気づいたの？　私たちおバカなのよ」

アリスはジョシュアの言うことなど聞かず、ケラケラと笑った。

（これでいい。王太子妃になどなってしまえば、今以上に自由がなくなってしまう）

しきたりやしがらみにがんじがらめにされるより、田舎でのほほんとした生活をしたいのだ。

「ね、ルーク。早くみんなのところに帰りましょう」

「ああ。たくさん土産話ができた」

ふたりは顔を見合わせ、幸せそうに微笑んだ。

願いは成就する

「お妃様ー！」

「隊長、お妃様、おかえりなさーい！」

城に戻ってきたルークたちは、留守番の隊員たちに笑顔で迎えられた。無事に帰って来られたありがたさを噛みしめる。

国境は王都と違い、平和そのものだ。爆音も硝煙のにおいもしない。

「ただいま。はい、たくさんお土産！」

国王から贈られた食べ物や衣類、本などに隊員たちは目を輝かせた。

「すげえ……。あれ？ でも、俺たち国王陛下に嫌われているのでは？」

きょとんとする隊員の肩を、ジョシュアがポンと叩いた。

「それは誤解だったんだ。おふたりのおかげで、これからもっと暮らしやすくなるぞ」

「誤解ですか？」

「詳しくは後で話そう。さあ、荷ほどきを手伝ってくれ！」

「了解！」

その日の夕食の時間は、王都での事件から最後の食事会までの話で盛り上がった。王城での一部始終を見ていた隊員たちが、アーロンの醜態をおもしろおかしく脚色しながら話す。

「第一王子がな、こう足を押さえて『痛いよ〜、ママぁ〜』って泣いてな」

「マジか！　よっわ。王子様よっわ」

アーロン本人がいないことをいいことに、言いたい放題だ。もし聞かれたら不敬罪で訴えられるだろうが、この辺境の地ではその心配もない。

相変わらず酒は一杯しか支給されないが、その日の夕食の時間はいつもより長く続いた。

笑顔の隊員たちを見て、アリスたちはやはりここに帰ってきてよかったと思った。

＊　＊　＊

夕食を終え、湯浴みをしたルークは、緊張した面持ちで寝室を目指す。今夜はアリスも、湯浴みを終えたら同じ寝室に来ることになっている。

べつに、「今日こそ初夜を迎えよう」とか約束をしたわけではない。

結婚当初よりも確実に距離を縮めてきたふたりだが、まだ色っぽいことはなにもないのだった。再婚していないジョシュア副長の方が、発展していると思われる。

（だが今日こそは……。アリスを、俺の正式な妻に……）

いつまでも離れて寝ていると不仲だと疑われるから、寝室を一緒にしよう。ルークが考えた苦しい提案を、アリスはのんだ。

（首肯してくれたということは、あっちも嫌がっていないと思っていいのだよな。うん。そもそも俺たちは夫婦だ。なにを心配することがある）

何度も深呼吸してから、ルークは思いきって寝室のドアを開けた。

「あら……遅かったわね」

旅の疲れか、もうほぼ寝かけているアリスがルークを見た。

「さあ、寝ましょう。ルークも疲れたでしょう」

まったくその気がなさそうなアリスは、ぽてんと自らベッドに横になる。ルークは心が折れそうになった。

（う……ここでくじけたら、せっかくの決心が……）

ぐっと拳を握り、肩を怒らせて歩くと、彼の手がベッド脇のテーブルにあたった。置いてあった燭台が倒れ、あわや大惨事に。さすがのアリスも跳び起きた。

「ちょっと！　絨毯燃えちゃう！」

「任せろ、こんなのすぐに！」

ルークが水差しの水を絨毯にかけ、小さな炎は細い煙となった。

「もー、なにしてるのよ。ちゃんと消えたか心配だから、この辺照らしてくれる？」

「あ、ハイ……」

緊張しているからといって、なにをやっているんだ俺は。ルークはがっくりと肩を落とした。

暗くなった部屋で、ベッドから下りて絨毯を確認するアリスの手もとを照らすと、青い光がベッドの下の隙間にまで入り込んだ。

「大丈夫ね。……ん、これは？」

アリスは照らされたベッドの下になにかがあるのを発見し、手に取る。それは一冊の本だった。

「待て、それはっ」

焦るルークが、ぱらぱらとページをめくるアリスから本を奪う。実はこの本、国王からじきじきに贈られた、『幸せ王族計画』という、結婚してから夫婦が順調に仲よくなり、子孫を残すための指南書なのだった。

奥手なルークを心配した国王の、親心が詰まった本。その中にはあからさまな挿絵もあり、初心者にとてもわかりやすくなっている。

（見られてしまった……）

珍しく真っ赤になるルークを、アリスはきょとんと見上げた。

「ねえ、それなんの本？　暗くて見えなかったわ」

「え」

光の魔法が使えるルークは夜目がきくが、アリスにとって、この部屋は暗闇以外の何物でもない。

「いやなんでもないんだ。どうしてこんなところにあったのかなあ。ははっ！」

「変なルーク」

ルークは慌てて隣の自室に戻り、アリスが背伸びしても届かない書棚の一番上の段にその本をしまった。

「さあ、アリス……」

大きくなる鼓動を感じつつ寝室に戻ると、アリスはすでにベッドに入っていた。

「まさか」

そっと近づく。なんとアリスはまぶたを閉じていた。唇からはすうすうと寝息が聞こえてくる。

ルークがいなくなったほんの数分で、疲れきっていたアリスは眠ってしまっていたのだ。いつもの強気な顔はどこへやら、少女のような安心しきった寝顔だった。今日こそは、と決意していたルークは途方に暮れる。が、わざわざ起こして無理強いする気にもなれず、あきらめてベッドに入った。すると。

「ルーク……」

耳もとでアリスの声がして、どきりと胸が高鳴る。バッと横を見ると、相変わらずかわいい寝顔のアリスが、むにゃむにゃと口もとを動かしていた。

「寝言か」

ルークはアリスの銀色の髪をなでる。その瞬間、彼女は寝たままにへっと笑った。なんだかとても尊いものを見た気分で、彼の胸はかき乱される。

(仕方がない。今日はこれで我慢しよう)

ルークはそっと、アリスのまだ誰も触れたことがない唇に、自らの唇を合わせた。思っていたよりもやわらかい感触に驚くと同時に、中毒になりそうだと感じた。もう一度そっと唇を合わせ、ルークは優しくアリスを抱き寄せた。

＊＊＊

一カ月後。

「ついに……ついに成功したわっ！」

叫んだアリスは、その物を持って廊下に飛び出した。掃除をしていた隊員がアリスを見つけるなり、走って逃げていく。

「ちょっと。どうして逃げるのっ？」

「だって、お妃様、それくさいからー！　腐った豆を持ってるからー！」

帰郷後、国王のおかげでルークたちはメイドを数人、畜産と農業をする男性の使用人数人を雇えるようになった。

よって自分の時間が増えたアリスは、せっせと納豆の製造を試みていたのである。

「ひと口食べてみてって。とっても栄養があるのよ！」

「いーやー！」

糸を引く納豆を持って隊員を追いかけたアリスは、数分後に力尽きた。

（運動不足かしら……）

ぜえはあと息をし、あきらめて納豆を戻そうと厨房に向かう。

亜里は毎日ハードな業務をこなしながら、コミケや声優のライブ、二・五次元舞台に精力的に外出していた。

（あの頃よりよほど楽になったわね）

後で自分がおいしくいただくことにし、彼女は納豆を片づけて外に出た。

庭の方を見れば、たくさんの洗濯物を丁寧に干すメイドたちの姿が見える。彼女たちに恋をする隊員もいるみたいだが、もめ事が起きないようにアリスは目を光らせていた。

もめ事といえばソフィアの件だ。彼女はアーロンとの結婚を白紙に戻され、実家に帰されたらしい。

今後は魔法学校の事務として働きながら、淑女としての勉強をすることになっている。アーロンとの交際は許されているので、完全に王室から関係を断ち切られたわけではない。

ここからどう名誉挽回するかが、彼女の腕の見せどころだろう。と、アリスはラズロからの手紙で知った。

亜里の推しであるラズロも、アリスの働きぶりに感心し、なにかと気にかけてくれるようになった。

アリスが裏の丘の方に歩いていくと、家畜の鳴き声が聞こえてきた。そのそばに新しくできた練兵場からは、ジョシュアの勢いのいいかけ声が聞こえてくる。

彼は薬屋の女主人と、順調に交際を続けている。女主人の子供が成人したら一緒になろうと約束したらしい。

練兵場を覗くアリスに気づき、ルークが出てくる。

「そろそろ仮縫いの時間よ」

「ああ、そうか」

ルークはジョシュアに挨拶し、練兵場から出た。輝く金髪から、汗の玉が落ちる。

「まず水浴びをした方がいいわね」

「そうだな。このままでは仕立屋に嫌な顔をされてしまう」

これから彼らのもとには、街の仕立屋が来ることになっている。国王の計らいで、ルークたちの結婚式をやり直すことになったのだ。

真新しい装いをし、兄弟王子たちを呼び、民衆に新婚夫婦のお披露目をし……。

「これからやることが多いわね」

「面倒か？」

「いいえ、まさか」

アリスの胸は浮き立っていた。亜里の頃でいえば、声優ライブの前夜のような高揚感に満たされていた。

ふたりはあれから、ゆっくりではあるが徐々に夫婦らしくなってきている。ソフィアが見たら、ハンカチを噛んで引き裂くくらい悔しがるだろう。

「お妃様、大変です！」

城に戻ったアリスに、隊員が血相を変えて駆け寄った。

「どうしたの？」

「稽古中に倒れて、意識が戻らないやつがいて」

「熱中症かしら」

アリスは腕をまくり、医務室の方へ駆けだす。ルークはその後をついていった。

「まず体をよく冷やして。脇と股に氷を！」

熱中症患者を見たアリスはすばやく隊員に指示し、自身は点滴バッグを召喚した。

忙しい日常から離れ、ゆるゆると毎日を送りたいというアリスの願いは、完全には叶えられていない。結局、なんだかんだ忙しい。

が、亜里が残した「誰かに愛されたい」という願いは、しっかり成就した。

「仮縫いは明日にしてもらいましょう」

「ああ、そうだな」

特殊スキルを与えてくれた神に祈る暇は、アリスにはない。彼女はただ目の前にあることを、全力でやっていくだけだ。

ルークが彼女の手もとを照らす。処置が終わると、ふたりは視線を交わらせ、微笑み合った。


【end】

あとがき

こんにちは、真彩 -mahya- です。このたびは本作をお手に取ってくださり、ありがとうございます。

今回は久しぶりのファンタジー。いつもはヒストリカル（架空の王国を舞台にした王様やお姫様のラブファンタジー）が多かった私ですが、ついに異世界ものを書かせていただきました。

舞台は中世ヨーロッパをイメージした乙女ゲームの世界。ということで設定を考えるのが大変……と思いきや、意外に楽しかったです。

自分自身、中学生の頃から乙女ゲームをプレイしてきたので、「こういうゲームがあったらいいな」という妄想をもとに、あれよあれよと設定が決まりました。

ファンタジーで辛いのは、毎回編集者さんに設定の矛盾やおかしなところを指摘されることなのです（単に私の力不足）が、今回はそこは大丈夫でした。むしろ問題は医療用語の方で、あまり簡単な言葉だと素人っぽさが出てしまうし、看護師ならではの呼称では読者様に伝わらない。そのあたりのさじ加減が難しかったです。

ちなみに作中でアリスが行う医療行為は、本来看護師ではなく医師が行うものであったり、いろいろと現実とは違うところがあります。そこはフィクションでありファンタジーだと割りきって読んでいただけると助かります。

ルークに関しては「不憫な王子」として話が始まったので、もっと幸せな場面を書きたかったです。続編などできたら、思う存分彼を幸せにしたい。

というわけで、一見怠け者なアリスが周囲の心を動かしていく様子を楽しんでいただけたら幸いです。もちろんざまあ展開も。

最後となりましたが、この本の制作に関わってくださったすべての方々、読者の皆様に御礼申し上げます。大変な世界情勢の中、このように書籍を出版していただき、それをお手に取っていただけたことに感謝しかありません。

そして、全世界の医療従事者の方々。本当に本当にありがとうございます。どうかご自愛くださいますように。

どうか、皆様お元気で。病気や気鬱に負けないよう、一緒にがんばりましょう！

真彩《まあや》 -mahya-

真彩 -mahya- 先生への
ファンレターのあて先

〒104-0031
東京都中央区京橋1-3-1
八重洲口大栄ビル7F
スターツ出版株式会社　書籍編集部　気付

真彩 -mahya- 先生

本書へのご意見をお聞かせください

お買い上げいただき、ありがとうございます。
今後の編集の参考にさせていただきますので、
アンケートにお答えいただければ幸いです。

下記URLまたはQRコードから
アンケートページへお入りください。
https://www.berrys-cafe.jp/static/etc/bb

悪役令嬢ですが、チートが目覚めて溺愛されています

2020年10月10日　初版第1刷発行

著　　者　真彩 -mahya-

発 行 人　菊地修一
デザイン　カバー　ナルティス（井上愛理＋稲葉玲美）
　　　　　フォーマット　hive & co.,ltd.
校　　正　株式会社鷗来堂
編集協力　佐々木かづ
編　　集　福島史子
発 行 所　スターツ出版株式会社
〒104-0031
東京都中央区京橋1-3-1　八重洲口大栄ビル7F
TEL　出版マーケティンググループ　03-6202-0386
（ご注文等に関するお問い合わせ）
URL　https://starts-pub.jp/
印 刷 所　大日本印刷株式会社

Printed in Japan

ISBN 978-4-8137-0985-5　C0193

ベリーズ文庫 2020年10月発売

『仮面花嫁～極上社長は偽り妻を乱したい～』 紅《くれない》カオル・著

色気より食い気の干物女子・優莉は、ある日自宅を火事で焼け出され、自社の若きイケメン社長・隼に匿われる。タワマンのセキュリティの都合上、優莉は隼のかりそめの妻にならざるを得なくなり…⁉　年上の旦那様から日夜イジワルに色っぽく迫られて、優莉は感じたことのない熱を煽られてしまい…⁉

ISBN 978-4-8137-0979-4／定価：本体660円＋税

『溺愛は蜜夜に始まる～御曹司と仮初め情欲婚～』 惣領莉《そうりょうり》沙《さ》・著

恋愛経験ゼロのOL・梨乃はある日ひったくりに襲われる。そのことを知った会社の御曹司・侑斗と、半ば強制的に「婚約者として」同居することに。侑斗は見合いを断る口実のための仮初の婚約者だったはずなのに、甘くキスされ、一夜を共にしてしまい…⁉　それからというもの、彼の溺愛猛攻は増すばかりで⁉

ISBN 978-4-8137-0980-0／定価：本体660円＋税

『極上御曹司の愛妻に永久指名されました』 滝井《たきい》みらん・著

紫は大手企業御曹司の恭一から、ことあるごとに口説かれている。有能で超イケメン、女性にモテモテの恭一がなぜ地味な自分に興味を持つのか理解できない紫は、ついそっけない態度を取ってしまう。そんな折、ストーカーに言い寄られているところを恭一が助けてくれ、そのまま彼の家で同居することに…⁉

ISBN 978-4-8137-0981-7／定価：本体650円＋税

『お見合い夫婦の結婚事情～カタブツ副社長に独占欲全開で所望されています～』 皐月《さつき》なおみ・著

就職先を探していた真帆は、大手不動産の副社長秘書の職を紹介される。一生懸命仕事に打ち込む真帆だが、超有能で部下からの信頼も篤い副社長の蓮がなぜか自分には不機嫌なことが不思議でならない。そんな折、ひょんなことから真帆のピンチを救ってくれた蓮。その日から急転直下の溺愛が始まって…⁉

ISBN 978-4-8137-0982-4／定価：本体650円＋税

『愛妻御曹司に娶られて、赤ちゃんを授かりました』 砂川雨路《すながわあめみち》・著

受付嬢の咲花は、あることをきっかけに大手企業の御曹司・佑と政略結婚することになった。形だけの夫婦だったはずなのに、加速していく佑の溺愛に戸惑う咲花。「俺はもうお前の夫だ」――熱を孕んだ目で組み敷かれ、想定外の甘い愛を注がれて身も心も蕩けていく…。そんなある日、咲花の妊娠が発覚し…⁉

ISBN 978-4-8137-0983-1／定価：本体640円＋税

ベリーズ文庫 2020年10月発売

『新婚未満のかりそめ初夜～クールな御曹司は淫らな独占欲を露わにする～』　田崎《たさき》くるみ・著

大手菓子メーカーに転職した涼は、上司となった御曹司の丈二に憧れていた。ある日自宅であるシェアハウスに帰ると、なぜかそこに丈二がいて…!?　独占欲を抑えきれなくなった丈二と過ごす夜に、ウブな涼は初めての快感を知る。まさかの求婚に戸惑う間もなく、婚前同居で丈二の溺愛に拍車がかかり…。

ISBN 978-4-8137-0984-8／定価：本体660円＋税

『悪役令嬢ですが、チートが目覚めて溺愛されています』　真彩《まあや》-mahya-・著

看護師の亜里は過労MAXな帰り道、車にはねられ死亡。しかし目覚めると、プレイ中のゲームの悪役令嬢・アリスになっていた。しかも医療道具の召喚チートを授かっていることが判明。せっかく転生したのだからゆるゆる暮らしたいのに、ナースの知識を生かして、異世界の人々を救うことになり…!?

ISBN 978-4-8137-0985-5／定価：本体640円＋税

ベリーズ文庫 2020年11月発売予定

Now Printing

『エリート旦那様は妻（ママ）を過保護に溺愛したい』　晴《はる》日《ひ》青《あお》・著

筋金入りの箱入り娘・雪乃は、ある夜出会った資産家の御曹司・夏久に強く惹かれ、初めての夜を捧げる。そして後日まさかの妊娠が発覚!?　資産目当てと誤解した夏久から提案されたのは愛のない結婚だった。けれど始まった新婚生活、彼から向けられる視線は甘く、優しく触れてくる指は熱を孕んでいて…。

ISBN 978-4-8137-0994-7／予価600円＋税

Now Printing

『旦那様、離婚はいつにしましょうか』　佐《さ》倉《くら》伊《い》織《おり》・著

彼氏にフラれたOLの里桜は、上司であり御曹司の響と酔った勢いで一夜を共にしてしまう。弱みを握られた里桜は見合いを所望され、響と契約結婚をすることに。互いに干渉しないただの契約関係のはずが、本当の夫婦のように里桜を信頼し、守ってくれる響。深い愛を刻まれ、里桜は次第に心惹かれていき…。

ISBN 978-4-8137-0995-4／予価600円＋税

Now Printing

『新婚ぶりっこ』　西《ニシ》ナナヲ・著

ひょんなことから新築一軒家で同居することになったしっかり者OLの実花子と御曹司の利一郎。期間限定だが新婚夫婦さながらの日常生活を送るうちに、普段会社では見せないお互いの素顔を知り、次第に意識するように。そんなある日、社長である利一郎の父が訪ねてきて、二人を恋人同士だと勘違いして…。

ISBN 978-4-8137-0996-1／予価600円＋税

Now Printing

『身籠ったら俺様エリート外科医に捕まり溺愛が始まりました』　未《み》華《はな》空《そら》央《お》・著

彼氏に浮気された佑杏は、旅行先の沖縄で外科医の晴斗と出会う。傷ついた心を癒やしてくれる彼と一夜を共にしてしまった佑杏。連絡先も告げずその場を去ったが、晴斗の子を身籠ってしまう。一人で産み育てることを決意した矢先、晴斗と偶然再会。「ふたりとも必ず幸せにする」と過保護な溺愛が始まって…。

ISBN 978-4-8137-0997-8／予価600円＋税

Now Printing

『お見合いしたら寡黙な御曹司が甘々に豹変しました』　花《はな》木《き》きな・著

和菓子職人を目指す花帆は、親の勧めで老舗和菓子屋の御曹司・仁とお見合い結婚することに。無口で感情が読めない仁は女嫌いと噂されており、花帆は不安に思っていた。しかし彼の独占欲を煽ってしまったようで、熱を帯びた情欲的な目で迫られる花帆。初めての快感に思考を奪われる夫婦生活が始まって…。

ISBN 978-4-8137-0998-5／予価600円＋税

タイトル、価格等は変更になることがございますのでご了承ください。

ベリーズ文庫 2020年11月発売予定

『冷酷騎士団長は、消えた幽霊姫を生涯一途に愛しぬく。』 小春《こはる》りん・著

Now Printing

望まない結婚を控える王女リリーは、ある日一人の衛兵と出会い身分を超えて愛し合う。しかし翌日彼は忽然と姿を消した。やがて妊娠が発覚し、リリーは幽閉されてしまう。そこに隣国の冷酷騎士団長が現れリリーを連れ去って…!?

ISBN 978-4-8137-0999-2／予価600円＋税

『エナガ亭は今日も食材買取中』 織川《おりかわ》あさぎ・著

Now Printing

前世日本人だった、料理宿の看板娘・エリカ。いつもは勇者たちでにぎわっているが、ここ数日閑古鳥。実は新たに勇者が召喚されて、世の中がざわついているというのだ。おまけに司祭にエリカが襲撃されてしまい…!?　料理長で元騎士のレオとモフモフ神鳥・しーさんと立ち向かうけれど…!?

ISBN 973-4-8137-1000-4／予価600円＋税

タイトル、価格等は変更になることがございますのでご了承ください。